His and Her Business Plans.

彼とカノジョの事業戦略《ビジネスプラン》

[His and Her Business Plans.]

友達の売り方、教えます。

初鹿野 創 [illust.] 夏ハル

So Hajikano Presents

I will Teach You How to Sell "Friends".

環《たまき》 伊那《いな》
「ねっ。〝友達〟いりませんか!?」

真琴《まこと》成《せい》
「…………ハ？」

出口
EXIT
「お待たせー‼」

「いつもお世話になっております、頭取。夜分に申し訳ありません……

ええ、そうです、事前にお話ししておりました買収案件で……

そうですね、100億の送金をお願いします。

はい、はい……どうぞよろしくお願いいたします」

「……」

「Hi Mr. Hathaway, it has been a while. I am contacting you to let you know that we are ready to make an acquisition regarding the Japanese live streaming talent agencies we talked about earlier.」

「…………」

「Yes, thank you very much. See you soon.

——悪い環、もう少し待っててく〜れ——」

His and Her Business Plans.

Contents

Design / Yuko Mucadeya + Nao Fukushima[musicagographics]

I will Teach You How to Sell "Friends".

His and Her Business Plans.

彼とカノジョの事業戦略《ビジネスプラン》

[His and Her Business Plans.]

〝友達〟の売り方、教えます。

初鹿野 創 [illust.] 夏ハル

So Hajikano Presents

Characters

真琴《まこと》 成《せい》 ―――― 〈成功請負人〉の二つ名を持つ、天才コンサルタント。

環《たまき》 伊那《いな》 ―――― 小笠原諸島出身の、元気いっぱいな少女。

大島《おおしま》 陸《りく》 ―― 成の幼馴染で、大島土建代表取締役社長。京の双子の兄。

大島《おおしま》 京《きょう》 ― 成の幼馴染で、大島ハウス代表取締役社長。陸の双子の妹。

宇室《うむろ》 浩紀《ひろき》 ―― 大手ライバー事務所・Next Live,Inc.代表取締役CEO。

I will Teach You How to Sell "Friends".

プロローグ 〝世界〟

His and Her Business Plans.

『〝ビジネス〟ってのはな、〝世界〟を描き替えるためのツールだ』

それをオレは、ある人から最初に教わった。

社会の仕組みなんて何一つ知らず、ただ己の身に降りかかる理不尽を嘆くだけのクソガキだった頃の話だ。

『常識、価値観、法律、道徳——。

今の〝世界〟を形作ってるモンはどれも絶対不変のルールに思えるが、そんなことはねぇ。

時代の変化なり技術の進歩なり、さまざまな要因で柔軟に変わってくモンだ』

その人は続けてそう言った。

顔は髭《ひげ》だらけ。肌は日焼けしていて、体はめちゃデカい。そんで目はやたらギラついている。

なにやらすごい会社の『社長』というより、熊狩りの猟師みたいな見た目だった。

『知ってるか？　昔はな、スマホが使えねー「圏外」って場所があったんだぜ。

それが今じゃ、エベレストの山頂だろーがアマゾン奥地の部族村だろうが太平洋のど真ん中だろうが、電波が繋《つな》がるのは当たり前って時代だ。

自分の現在地を見失うことなんてねーのが常識。常時ＳＮＳで他人と繋がってるのも常識。

そういう〝世界〟を作り出したモノ。おおよそ現代社会において、最も効果的に〝世界〟に干渉できる力――。

それが〝ビジネス〟だ』

当時のオレは、言われたことの半分も理解できなかった。

けど不思議とその人の言葉は、オレの中にするっと浸透してきた。

『まぁつまるところは、だ。

お前が今の〝世界〟を気に食わねーって思うなら、自分の望む形に作り替えちまえばいい。

お前がそれを望むのなら、俺がその方法――〝ビジネス〟のやり方を叩《たた》き込んでやる』

たぶんその人は、８歳そこらのガキに向けた言葉じゃなく、大人を相手にした時の言葉で話していたから。

たぶんその言葉が、天涯孤独のかわいそうなガキに向けた同情《もの》じゃなく、真琴成《まことせい》という人間《かち》に向けた期待《もの》だったから。

『言っとくが、子守りのつもりはさらさらねーぞ。お前の頭の巡りのよさ、カンの鋭さ、そんで根性。それを見込んでの先行投資だ。

ついでに、ウチの社会貢献《CSR》の広告塔としても利用させてもらう。いい加減その辺考えねーと、株主がうるせーからな』

そしてその期待は、対等な〝ビジネスパートナー〟に対する期待《それ》と同義だった。

『つまりは、〝ビジネス〟の大原則、双方良しの「win-win」って関係だな。納得できたならホレ、この手を取れ』

だからオレは、差し出されたその手を――。

『なぜなら〝ビジネス〟じゃあな――契約が成立した時、握手をするモンだからだ』

迷わず、取った。

――この人の言うことは、きっと正しい。

だって〝ビジネス〟を志すと決めた、この瞬間から――。

オレの〝世界〟は、間違いなく描き替えられたのだから。

1 Interlude ワールド《W》ビジネス《B》育英財団《F》

『——若きビジネスパーソンに〝世界〟を変革するチャンスを』

その団体の公式サイトは、そんな謳《うた》い文句から始まる。

〈ワールド《World》ビジネス《Business》育英財団《Foundation》〉——略称ＷＢＦ。伝説的ビジネスパーソン〈アーロン・ジョイツ〉が、死に際に全遺産を投じて世界20カ国に設立したビジネス支援組織である。

その活動内容は『若年経営者から選抜した〈育英生〉と呼ばれるメンバーのビジネスを支援する』こと。さらに『育英生の中で最も優れた人物に10兆円を援助する』という破格の支援内容が、世界中のビジネスパーソンを震撼《しんかん》させた。

10兆円とは、小国の国家予算にも匹敵する金額。それが一個人に渡されるということは『個人で国家レベルの影響力を行使できる』ことと同義である。

その圧倒的な力は、まさしく〝世界〟にも届きうる力。

すなわち、〝ビジネス〟によって〝世界〟を変えるための『挑戦権』といえた。

かつてジョイツ自身が『全地球・無圏外インターネットサービス』という〝ビジネス〟によって『すべてのヒト・モノがずっと繋《つな》がっていられる〝絆《きずな》の世界〟』を実現したように――。

新進気鋭のビジネスパーソンたちもまた、己の抱《いだ》く理想の〝世界〟を描くべく、ＷＢＦへと集《つど》う。

――舞台は〈ＷＢＦ日本支部〉。時は〈育英生選抜試験〉
挑むのは『天才』『帝王』『開拓者』『異端児』――あらゆる曰くつきの経営者たち。
それぞれが類《たぐ》いまれなる才覚と、唯一無二《ゆいいつむに》の〝ビジネス〟を以って試験に臨む。

彼――〈真琴成《まことせい》〉も、その一人。

齢18にして１０００に上るビジネス領域に精通し、１０００を超す企業をサポートした実績を持つ『天才コンサルタント』。

いかなる困難、いかなる不可能をも覆《くつがえ》し、必ず顧客《クライアント》のビジネスを成功へと導くその手腕から、ついた異名は〈成功請負人〉。

そんな彼もまた、まだ見ぬ新たな〝世界〟のカタチを胸に秘め、試験に挑もうとしていた。

2 Side：真琴成 〝友達〟の押し売り

――東京・丸の内〈東京駅・丸の内口ロータリー〉――

冬が終わりを告げ、もうコートを着る必要もなくなった春、4月。
月曜の通勤時間帯。人でごった返す東京駅では、スーツに身を包んだサラリーマンたちの足音が重々しく響いていた。
そんな中、育英生選抜試験の説明会会場に向かうべく、タクシー待ちをしていたオレは――。

「ねっ。〝友達〟いりませんか!?」
「…………、ハ？」

――なぜか、見知らぬ女に〝友達〟を押し売りされていた。

× × ×

話は今からわずかに遡《さかのぼ》る。

オレは昨晩、急遽《きゅうきょ》発生した顧客《クライアント》のトラブル対応に時間を食われ、気づけば朝日を拝む羽目になってしまっていた。

大手町《きやくさき》のビルを出たのは朝8時。六本木にある自宅《マンション》に戻っている余裕はなさそうで、そのまま最寄りの地下鉄駅まで向かった。

説明会の会場までは地下鉄を使えばギリ間に合う計算だったが、不運にも電光掲示板に表示されていたのは『車両トラブル・遅延15分』の文字。アナウンスによればもうすぐ復旧するとのことだったが、定刻に着くかわからない状況で乗り込むにはリスクが高い。

――仕方ねー、タクシー使うか。無駄な経費《コスト》はかけない主義だが、こればっかりはしょーがない。

すぐさまそう判断して、ヨレたネクタイの結び目を直しながら、丸の内口の乗り場へと歩く。

まったくどいつもこいつも、オレが成人したのをいいことに嬉々として深夜対応入れるようになりやがって……若かろーがなんだろーが眠いもんは眠いんだぞ、チクショウ。

今後はもうちょい顧問仕事絞るか――なんてことを思いつつ、人混みをスルスルとすり抜けながらロータリーへ辿《たど》り着く。

そこで、これまた不運にも出払ってしまっているらしいタクシーを待つべく、欠伸《あくび》を漏らしながらぼーっと佇《たたず》んでいると――。

「やっ、おはよう！」

「……はい？」

ポンっ、と背中を叩《たた》かれる感触とともに、そんな軽いノリの声が耳に届いた。

振り向くと、スーツ姿の若い女がニコニコと陽気な笑顔を浮かべこちらを見上げている。

……何だ、誰だ？

記憶を辿《たど》っているオレをよそに、ソイツは明るい調子で。

「ねっ、〝友達〟いりませんか⁉」

「…………、ハ？」

と、唐突にそんなことを言い始めたのだった。

「ねっ、ねっ、どうだい⁉」

「あー……」

頬《ほお》を掻《か》きながら不審げな目で見返すが、ソイツはニコニコ笑ったまま。明らかに自分の言ってることがおかしいとは思ってねー顔だ。

……一応、それなりの数の商談《ビジネス》に関わってきたつもりだが、出会って早々そんなモン売りつけられたのは初めてだわ。

アレか、セットで壺《つぼ》だの絵画だのを売りつけようって魂胆か？

「えー、私の記憶違いでしたら恐縮ですが……初めてお会いしますよね？」

念のため、営業用《外向き》の顔で返す。万が一、どっかの顧客《クライアント》の関係者だったりすると面倒だし。

「うん、ユーと話したのは今日が初めてです！」

ソイツはこくんと威勢よく頷《うなず》いた。

話したのは、ね……微妙に引っかかる言い方するな。まぁ、ミーとかユーとかアホっぽい人称の方が気になるが。

訝《いぶか》しげなままのオレを気にした風もなく、ソイツは目をキラキラと輝かせながら軽やかに喋《しゃべ》り続ける。

「ミーはね、たくさんの人と友達になりたいんだ！　だから気になった人には積極的に声をかけることにしてます！」

「はぁ……」

「だってきっと世の中にはすごい人がいっぱいいて、いろんな人とたくさん出会って〝友達〟になれたら、それってめっちゃハッピーだよね、って思うから！」

「……一番ハッピーなのはアンタの脳みそに思えっけどな」

っと、やべ。あまりにお花畑な言い草に思わず素《ひにく》で返しちまった。

気分を害しちゃいないかと様子を窺《うかが》うと、ソイツはきょとんと呆《ほう》けた顔をしていた。

そしてすぐに、ぷっ、と吹き出すと。

「あははっ。うんっ、ミーはいつもハッピーですよ！」

と、なぜだか嬉しげに笑いだした。

……よくわかんねーヤツだな。

よっぽどの変人か、それとも飛び抜けたアホか。

オレはネクタイの結び目を整えながら頭を冷やし、一度きっちりソイツの素性を読み解くことにした。


──パッチリとした丸い目に、サイドトップで一つ結びにした金髪。

にぱっと能天気に笑う顔立ちはそれなり以上に整っていて、某国民的アイドルグループにいてもおかしくないくらいの見てくれだ。つっても、モデルか女優かってほどのオーラはねーから、一般人だろうが。年齢的には20歳前後ってトコ。

耳にピアス、胸元にネックレス、左手首にアナログ式の時計。肩からは、いかにもOLって感じのバッグをかけ、服装は既製品《吊るし》そのまんまな見てくれのパンツスーツ。

両手にはばっちりネイルをキメていて、ぱっと見の印象はギャル系の、ファッションに拘《こだわ》りがありそうなタイプに見える。ハイブランド品を一つも身に着けていないのは若干ミスマッチな気もするが。

そうなると……アパレルか、美容系の会社の新入社員、ってとこか？

時期的にはちょうどピッタリだし、早速飛び込み営業でもさせられてるんだろうか。

飛び込みは数と根性が重要で、とにかく手あたり次第に声をかけまくってなんでもいいから関係を作るのがセオリーになる。

それで考えついたのが〝友達〟を口実にした声がけだと考えりゃ、まぁ筋は通りそうだ。

暇なら付き合ってやってもよかったが、あいにく今は時間に余裕がない。

つーわけで、セオリー通り、根性で他を当たってくれ——と、以上結論。


オレは腕時計に目を落として時間ないアピールをしつつ、ロータリーの方へと向き直した。

「悪いけど急いでるんで。営業なら他を——」

「あっ、そうそう、急がなきゃだよね！」

「ちょ、オイ……」

と、オレが言い終わる前にソイツはこちらに身を寄せ、至近距離で腕時計を覗《のぞ》き込んできた。目の前でふわりとやわらかく髪が揺れ、シャンプーなのか香水なのか、柑橘《かんきつ》系の甘酸っぱい香りが鼻腔《びこう》を突く。

オレは危《あや》うく体に触れそうになった腕を咄嗟《とっさ》に引いてかわし、ほっと息を吐く。

つぶねー……おい、こんなんで痴漢だセクハラだの言われんのは勘弁だぞ。つーか初対面の男にホイホイ近づくなよ、不用心なヤツ。

法律遵守《コンプラじゅんしゅ》がモットーのオレだからいいものの、相手が下心丸出しのヤベーヤツだったらどうすんだ。

オレは大きく一歩距離を取ってから「コホン」と咳払《せきばら》いして、気持ち不機嫌そうなトーンに変えて言う。

「話聞いてんの、アンタ？　こっちは急いでんだって」

「うん、ちゃんと聞いてるよ！　急いで行かなきゃだからタクシー探してるんだよね？　ミーも一緒！」

「イヤそーだけど、そういうこっちゃなくて――」

「あっ、来た来た！　へーい、タクシー！」

と、ソイツは『空車』表示のタクシーがやってくるのに気づいたらしく、手を振りながらそちらへ近づいていく。

「おい、ちゃんと最後まで聞――って、ハッ!?」

そんで何を思ったか、急にタクシーの進行方向に立ち塞《ふさ》がろうとしやがった。

「まっ、あぶなっ！」

「おおぅ？」

オレは慌ててソイツの腕を掴《つか》んで引き戻す。

突然飛び出そうとしてきた人影にタクシーは驚いたようにガクンとブレーキをかけたが、幸い事故などには発展せず、ゆっくり速度を落として乗り場までやってくる。

オレは安堵《あんど》の息を漏らしてから声を荒らげた。

「オイ、なんのつもりだアンタ！　轢《ひ》かれんぞ！」

「えっ？　だって、タクシーって呼び止めないと止まってくれないんじゃないの？」

じゃないと通り過ぎちゃうんじゃ？　と首を傾《かし》げるソイツ。

「それは路上の話だろーが！　タクシー乗り場じゃほっといても勝手に止まるんだよ！」

「おー、そうなのかい？　初めて知った！」

ごめん、ありがと！　と、照れたように笑うソイツ。

はぁ……ったく、なんつー危なっかしい女だ。マイペースっつーか世間知らずっつーか……。

オレはドキドキと早鐘を打つ心臓を抑えながら、咄嗟《とっさ》に掴んでしまった腕を離す。今のは不可抗力だからな、断じてセクハラじゃねーからな。

リリースされたソイツは、開かれた後部座席のドアから中に向かって「ビックリさせちゃってごめんなさーい！　二人いいですかー？」と声をかけている。

…………、イヤ待てっ。

「なにアンタ、さりげなく相乗りしようとしてんの!?」

「え？　ダメかい？」

ああクソ、さっきからコイツのペースに呑《の》まれっぱなしだ……！

確かにこのくらいの強引さは営業としちゃ間違ってねーし、むしろ評価されるべきなのは知ってっけど、今は勘弁してくれ！

「あのな、アンタの意気込みはわかったがマジで時間ねーの！　終わったら話聞いてやっから、営業は後にしてくれ！」

「うん？　営業ってさっきも聞いたけど、どういう意味かい？」

「いやだってアンタ、なんか商材売りたくて話しかけてきてんじゃねーの!?」

「えっ、違うよ？」

「嘘《うそ》つけ、オレにはわか――」

いや……待てよ？

オレはもう一度、きょとんとした顔でいるソイツをマジマジと見る。

これまで数多く商談に臨んできた経験上、相手の下心を見抜くのにはそれなりに自信があるが、どうにもソイツからは一切の邪念を感じない。

マジで営業目的じゃねーのか……？

当てが外れて戸惑うオレをよそに、ソイツは「……あ、そうか！」と何かに思い至ったかのようにポンと手を叩《たた》く。

「ほらさ、ミーたちって目的地同じじゃん？　だったら一緒に行きたいな、って思って！」

「目的地が同じ……？」

その言葉に、ぴくりと耳が反応する。

つーことは――。

いや、まさか。

「も、もしかして……アンタ、ＷＢＦの……？」

「うんっ」

俺の問いに、ソイツは元気よく頷《うなず》くと。

「ミーもユーと同じ、Ｗ、Ｂ、Ｆの、候、補、生、だよ！　最終選抜の試験説明会に、はるばる遠く南の島からやってまいりました！」

――。

――……。

「…………………………ガチで？」

「めっちゃガチ」

ぐっ、とサムズアップで返された。

……。

――……イヤ、いやいや。

こんな能天気なヤツが、ＷＢＦに選ばれたビジネスパーソン……？

「……アンタ、いったいナニモ――ンッ!?」

「ほらほら、急ごっ」

ふわっ、むぎゅっ。

驚愕《きょうがく》するオレの思考の間隙《かんげき》を突くように突如、右腕に何やら柔らかい重みを感じた。

「はっ……ハァ!?」

見れば、俺の右腕はソイツに抱きかかえられていて、見た目からしてわかるふくよかさでガッチリと挟み込まれている。

「ちょまっ、アンタっ……！」

「ねっ、ねっ。どうせ同じとこ行くならワリカンにした方がオトクだし、そっちのがユーも嬉しいよね？　だから一緒に行こ！」

イヤッ、それどころじゃねーだろっ……！　む、胸がめっちゃ当たってんだよっ！

どうにか拘束から抜け出ようともがくが、力任せに振り解《ほど》くわけにもいかず、ただふにょんふにょんと柔らかさを堪能するだけに終わってしまう。

「こ、コンプラ！　コンプラ案件だけは勘弁してくれっ!!」

「てんぷら？　天ぷら嫌いなのかい？」

待て、これオレはちっとも悪くねーだろ!?　逆にこっちが被害者だっ。覚悟しとけセクハラ相談窓口に相談してやーーーって、アホかオレは、何意味わからんこと考えてやがる!?

「と、と、とにかく離れろっ！」

「ね、早くタクシー乗ろ？　ねっ？」

「わかった、わかったから、それ以上腕に力を込めるな破廉恥《はれんち》女……っ！」

「はれんち？　はれんちってどういう意味かい？　あっ、ミーの名前は伊那《いな》だよ！」

「誰がこのタイミングで名乗れっつったよクソが……!!」

ああチクショウ、こんな頭がバグるんなら、ちったぁ女に慣れとくんだったたっ……！

グルグル空回りする思考の中、オレは接待《キャバクラ》を断ってきたことを初めて後悔した。

×　　×　　×

すったもんだの末、タクシーの後部座席に転がり込むように座ったところでようやく柔らか地獄から解放された。

クソ、不意打ちとはいえひどい醜態《しゅうたい》を晒《さら》しちまった……。

「運転手さーん！　えーと、〈ＷＢＦ ＪＡＰＡＮビル〉までお願いしまーす！」

脱力感に包まれるオレの横で、全く動じた様子もなく目的地を伝えているソイツ。

ひとまずコンプラ問題に発展しそうにないのはいいが、別の意味でちったぁ気にしろよこのアホ。

走り始めたタクシーの中、オレはソイツから極力距離を取りつつ、やっと冷えた頭で尋ねる。

「……アンタさ」

「伊那だよ！　〈環《たまき》伊那〉、小笠原諸島出身のいちおう都民、ふつーのＪＫです！　……あっ、違った！　ふつーのＪＫでした！」

「アンタさ」

スルーして言葉を重ねる。いい加減、コイツのペースに付き合ってたら話が進みそうにねー。

「もう一度聞くが、ＷＢＦって、ホントに間違いなくＷＢＦだよな？　同じ名前の別団体とかじゃねーよな？」

「うん！　めっちゃホントに間違いなくＷＢＦだよ！」

「ちゃんとエントリーシート《ＥＳ》出したんだよな？　倍率１００倍とかいう事前面接も通ったってことだよな？」

「もちろんですよ！　はいこれ、受験票！」

と、ソイツはバッグからＷＢＦの名前が記された封筒を取り出し、こちらに差し出してきた。

　未だ半信半疑ながらそれを受け取って見ると、封筒の宛名欄にはしっかり『環伊那様《たまきいな》　選抜試験のご案内』という記述。中から受験票を取り出し、名前と顔写真とを見比べてみても、ちゃんと一致しているようだった。

　……どうにもマジでＷＢＦの選抜試験に呼ばれてるらしい。

　つーか年齢、18歳って、同い年かよ……ああいや、生年月日を見るに一学年下か。

　オレより年下の社長なんざ、数えるほどしかいねーはずなんだがな……。

「……で。そもそもアンタ、何やってる人なワケ？」

「うん？　どういう意味かい？」

「仕事だよ仕事。何の会社経営してんの、って話」

　ＷＢＦの応募資格は『満22歳以下の若手経営者』

　つまり候補生全員が社長、ＣＥＯといった会社のトップなのだ。

　ただでさえ若手経営者は珍しい。その中でもＷＢＦの選抜試験に呼ばれる人物ともなれば、誰しもが業界を揺るがすような実績を残す有名人ばかり。加えて言えば、オレの仕事《ビジネス》は経営コンサルだ。顧客《クライアント》はいずれも会社の経営者《しゃちょう》なわけで、経営者《ひと》に詳しくなければ仕事にならない。

　そんな諸々の理由で、オレが顔も名前も全く知らない候補生というのは、かなりのレアケースなのだった。

「あっ、会社ね！」

ソイツはポンと手を叩《たた》いてから、いそいそと名刺入れを取り出し、ビジネスマナー覚えたての新入社員よろしくなたどたどしい手つきでこちらに名刺を差し出してきた。

「はい！　〈株式会社 島はいーとこいちどはおいで〉の社長、環伊那です！　――わーい、初めてちゃんと名刺渡せた！」

「……ハ？」

なんだその社名――は、置いといて。

「初めて？　初めて、ってどういうことだ？」

「初めては初めてだよ？　ＷＢＦに応募する前に作ったばっかの会社だから！」

「なんだと……？」

スタートアップベンチャー、ってコトか？

仮に業種がＩＴ系なのだとしたら、まぁわからん話でもない。実績はなくとも成長ポテンシャルの高さが評価された可能性はある。

いやでも、どうみてもそういうインテリな経営者には見えねーよな……。

オレの困惑を察したのか、ソイツは説明を続ける。

「ウチの会社はね！　ミーたちの島をめっちゃ盛り上げるために作った会社なの！」

「……じゃあ旅行代理店か？　もしくは観光協会みてーな社団法人とか」

「んーと……ごめん、ちょっとそのへんはわかんないかも」

えへへ、と恥ずかしそうに笑いながら言う。

「ミー、ビジネスとか会社とか全然詳しくなくってさ。『会社ってどう作るのかい？』って島の人に相談したら、ダイビングショップのジョンさんが、ぎょーせーしょし？　って人と知り合いで、そこでお願いして色々やってもらったの！」

でもそれだけで貯金全部なくなっちゃったんだー、と腕を組んで困り顔をするソイツ。

……。

「……で、事業内容は？」

「もち、島を盛り上げることとする！」

「…………資本金は？　従業員数は？」

「しほんきん――あっ、1円でおっけーとか言われた記憶ある！　社員はまだミーだけ！」

「……………実績は？」

「ちゃんとしたお仕事はまだしたことない！　でも、なんでもやるつもりです！」

……。

………。

「…………面接官と相当エグい裏取引したんだな、アンタ」

「あははっ、ないない！　正々堂々！　気合いの正面突破ですよ！」

オレの嫌味をスルーして、ソイツはビシィ、と拳を正拳突きの形で前に突き出した。そんで運転席の背もたれにあるアクリルパネルにガツンとぶつけ「あいたー！」とか痛がってる。

……信じられねー。今んとこ一つも面接を通る要素がねー。

実績ゼロ、組織形態ナゾ、事業内容カラッポ。

社長は素人も素人、そこいらの学生起業家以下の知識しかない一般人で、脳みそハッピーなド天然のアホ。

「──……」

「うん？　なんかミーの顔についてるかい？」

オレはじっとソイツの顔を見つめながら考える。

……とはいえ。

審査をしたのは腐ってもＷＢＦ。世界最高峰のビジネス支援組織とも目されるＷＢＦだ。

そんじょそこらの零細企業の採用試験じゃあるまいし、そう簡単に判断を間違えるとも考えにくい。

であれば、きっとどこかしら評価される点があったはずで、ここまでの悪条件を覆《くつがえ》せるなにかがあってしかるべきだろう。

……。

……とすれば、だ。

「アンタさ」

「もー、伊那《いな》だって言ってるのにー」

「なんで、ＷＢＦに応募しようと思った？」

――志望動機。

おそらくそこに鍵がある、と、そうオレは判断した。

するとソイツは、にかっと笑って、なんら臆《おく》することなく――。

「それはねっ。ミーたちの島は、世界でいっちばんハッピーなところだよ、ってたくさんの人に伝えたかったから！」

その言葉に、ぴくり、と耳が反応する。

「……もう少し詳しく教えてくれるか？」

「おっ、島に興味あるかい⁉」

ソイツは目を爛々《らんらん》と輝かせ、口早に語り始める。

「ミーたちの島ってね、ほんといいところなんだよ！　海は綺麗《きれい》だし、あったかくて過ごしやすいし、ご飯はおいしいし！」

何よりもね、と。

「島の人が、みーんな、めっっっっっっっっっちゃいい人たちなの！」

大仰に手を広げ、そう自信満々に断言した。

オレは黙ってソイツの語りに耳を傾ける。

「なんかさ。内地のニュースとか見てると、だれだれが悪いことしたーとか、この人はダメダメだーとか、そういうの多いじゃん？　ネットとかSNSでも、色んなことへの文句とか、毎日辛いって呟《つぶや》きとか、炎上とかでピリピリしてるし」

あと動画のコメント欄で知らない人同士言い合いしたりとか、とソイツは付け足す。

「でも、ミーたちの島はね。みんなで毎日楽しく暮らしてて、喧嘩《けんか》とかも全然ないんだよ！　コーヒーショップのじろーさんはいつもニコニコ温厚で優しくて、毎日必ず『いってらっしゃい』って言ってくれるし、西島《にしじま》商店のおばちゃんは、お買い物のたびにおすすめの健康レシピを教えてくれて、おまけでアイスまでくれるし、釣り船屋の真司《しんじ》さんは大漁の時ぜったいお裾分けに来てくれるの！　島全体がでっかい家族みたいで、みんな仲良しの〝友達〟なんだ！」

そう淀《よど》みなく語って、そいつは柔らかく笑って言う。

「だから、ミーはいつも思ってたの。そうやって〝友達〟ハッピーに暮らせるところってさ、世界でいっちばん幸せなところってことじゃないかい？　って」

……。

「でもね――」

と、ソイツはここにきて初めて、その顔を曇らせた。

「なんかね。今度、ミーたちの島が無人島になっちゃうことが決まっちゃったんだって。いちおう村だから廃村、っていうのかな?」

……そういえば、ニュースで見た記憶がある。

南方諸島の高齢化、過疎化によってライフラインの維持コストが割に合わなくなり、政府のコンパクトシティ推進政策の影響もあって、これといった産業や観光資産のない離島は順次統廃合していく方針らしい。

まぁ、島民を追い出して海洋資源開発の拠点にするだの、輸出が解禁された防衛装備の実験場にするだの、いろいろときな臭い噂《うわさ》もあるが……いずれにせよ、過疎地域の住人には選択権なんてないのだろう。

「めっちゃいいところなのに、みんなが毎日ハッピーに暮らせる場所なのに、そんなの悲しいじゃん、おかしいじゃん、って思って——」

ふとソイツはそこで言葉を切り、瞳に強い光を宿すと。

「——なんとかするしかないじゃん、って思ったの」

固い意志を感じさせる声で、そう呟《つぶや》いた。

……へぇ。

なかなか、いい目をするじゃねーか。

「それで、あーでもないこーでもない、っていろいろ考えてさ。なんとか廃村をなしにできないかって毎日お役所にお願いに行ったりとか、人気の観光地になればいいかも、ってインスタとかTikTorkで島のことめっちゃ宣伝したりとか」

ふーん……一応素人なりに、やることはやってんだな。

ソイツはふぅ、と小さく息を吐いてから口を開く。

「でもどれもさっぱりで。これじゃぜったい廃村に間に合わないなって思って、もっといい方法ないのかな、って色々探して――」

でもそこでね、と顔を輝かせると。

「内地で社長やってる、って旅行客さんからWBFのこと教えてもらったの！　そこで一番になったらめっちゃお金がもらえるっていうから、もうこれしかない！　ってすぐに思った！」

そしてソイツは、ぐっと両手を握りしめる。

「だからミーはすぐに応募書類を取り寄せて、会社がなきゃダメっていうから作って、お仕事に集中しなきゃだから高校も辞めて――それで上京してきたんだ！」

……なるほど、そりゃ大した覚悟だ。

そもそもWBFは学校ではなく、ただのビジネス支援組織だ。仮に試験に合格したとしても、学歴は手に入らない。

この国において『高校中退』という経歴は確実に足を引っ張るだろうし、いわゆる『普通の社会人』を目指すならハイリスクな選択なはず。元々ビジネスに何の関わりもない一般人ってんならなおさらだ。

にもかかわらず実際に行動したその覚悟は、シンプルに評価に値する。

……。

だが――。

「それで、すっごい頑張って試験に合格して、すっごいすっごい頑張って一番になって、もらったお金で島をめっちゃ盛り上げる！　それでもっともっと多くの人――それこそ、日本中の人に島はめっちゃいいとこなんだよって伝えて、遊びに来てもらったり住んでもらったりして、廃村をナシにしてもらうのがミーの目標！」

むふー、と鼻息荒く語るソイツ。

オレは腕を組んで背もたれに深く寄りかかり、息を一つ吸って。

「――あのさ。ホントに勝ち残れると思ってんの？」

ぴしゃり、と。

冷たく言い捨てた。

──だが、その程度じゃ足りねーな。

「正直、アンタが言ってるのはただの願望だ。金もなけりゃ知識もねー。実績も経験も絶望的になけりゃ、まともなビジネスモデルの一つすらない」

「あはは、それは──」

ぴたり、と言いかけて止まるソイツ。

ふん……。

アホだが、空気が読めねーわけじゃないんだな。

オレが怒っているのに気づいたか。

「対して、選考に残った連中ってのは生粋《きっすい》の〝ビジネスパーソン〟だ。アンタより年下で既に何十億って稼いでるヤツもいりゃ、革新的なサービスを生み出して新しい業界を創り出したヤツ、誰もが知ってる財閥企業の跡取りなんてヤツもいる」

オレはじっとソイツの顔を真正面から見据える。

「そんなトコに、つい最近までフツーに田舎でJKやってましたなんてヤツがノコノコやってきてトップを取るだなんて、WBFは──　〝ビジネス〟は、甘くねーぞ」

そしてオレは、すっと息を吸い、目を瞑《つむ》る。

──今まで繰り返し繰り返し訪れた、苦難、苦境、苦汁。

数々の失敗を、致命的な後悔を、心の底から掘り起こして──。

「──舐めてんじゃねーよ」

ゆっくり瞳を開け、ソイツの目をキッと睨《にら》みつけ。

「今までぬるま湯みてーな〝世界〟に甘えて、のんびり生きてきただけの一般人《ぼんじん》が──」

そうして、オレは──。

「〝ビジネス〟に全てを捧げてきた連中に──勝てるわきゃ、ねーだろうが」

本気の怒りに、これまでの人生《あゆみ》を乗せて。

ソイツの抱《いだ》く〝世界《おもい》〟を丸ごと踏み潰《つぶ》すつもりで、断じてみせた。

「──……」

ソイツは目を見開いたまま、ぴくりとも動かない。

ただ見つめ合ったまま、無音の時間だけが過ぎていく。

──この程度の威圧で引くようなら、どのみち先はない。

故郷《しま》がなくなるったって全部がまるまるなくなっちまうわけじゃない。一番の良さだっていう善良な島の住人たちは、当然別の場所で生きることになるワケだからな。

この国は『一般人』こそ一番幸福を享受できるような仕組みになってるし、その道が残されてるヤツがわざわざ〝ビジネス〟に手を出す必要なんてないだろう。

であるなら、早いうちに謹んでご退場いただく方が経済的かつ合理的、ってもんだ。

そうして、しばらくの沈黙の後──。

「──そうだよね。それは、めっちゃ厳しくもなる、よね」

ソイツは、ふっと息を吐いてから、ピンと姿勢を正した。

……む。

「確かにね。ミーは、会社とかビジネスとかなんにもわかってないし、頭も悪いし、すっごい才能とか発想とか、そういうのも全然ない。何をやってもぽんこつのへたっぴだ」

ふむ……。

語られる内容に反して、口調は流暢《りゅうちょう》。言葉に淀《よど》みはない。

「島の友達からは『伊那《いな》は天然だよねー』ってよく言われるし、学校辞めて上京する、って言った時には、お父さんお母さんに『考えなしのアンポンタン』とか、先生から『無鉄砲の極み』とか言われて、めっちゃ怒られたけど――」

数多《あまた》の大人たち、経営者たちを黙らせてきたオレの威圧を前に、臆《おく》した様子は微塵《みじん》もない。

何より、コイツは――。

「でも――やるって決めたことを、途中で投げ出したことだけはない」

さっきから、一瞬たりとも。

オレから目を逸《そ》らしていなかった。

「だからぜったい、ぜったいに――

みんながハッピーでいられる〝世界《ばしょ》〟を守るために！　ミーは、ぜったい諦めないっ！」

正々堂々、真正面から。
叩《たた》きつけられた怒り《げんじつ》を、目を背けることなく受け止めて、言ってのけた。

――。

――……。

「……ハァ」
その一息で、オレは身に纏《まと》った怒りをかき消した。
タクシーのエンジン音と、車体が風を切る音が周囲に戻ってくる。

「なんつーか――〝本物のアホ〟だな。環は」
オレは呆《あき》れを滲《にじ》ませた声でそう言って、ふっ、と息を吐く。
ソイツ――環《たまき》は、きょとんと目を丸くしてから、すぐにパッと顔を輝かせて。

「……えへへ！　それもよく言われます！」

はにかみながら、南国の花のように色鮮やかな笑みを見せた。

——コンサルとして数多《あまた》の経営者と関わってきた経験上、大成する人物に共通する特徴があることに気づいた。

それはすなわち、知識や経験がなくとも、決断力・行動力に秀で、気合と根性だけは持っていて——。

何よりも、ただ自分の求める〝世界《りそう》〟にだけは純粋である。

そういう夢見がちな〝本物のアホ〟であることだった。

「まぁ……アンタの人生だし。好きにしたらいいんじゃねーの」

「うん！　好きにするっ！」

環《たまき》はそうハッキリと答えたあと、不意にニッと笑う。

「ありがとねっ」

「……ハ。礼を言われる筋合いとかねーんだけど」

オレが怪訝《けげん》な顔で見返すと、環は「えへへ」と照れたように笑って。

「だって、ミーを心配して言ってくれたんだよね？　似合わない怖い口調まで作ってさ」

「…………」

「だからありがとっ。やっぱりすっごい優しい人だね、ユーは！」

ちっ……。

なんてやりにくいヤツだ。

オレは答えずに、そっぽを向いて頬杖《ほおづえ》を突いた。

「どのみちホントに何もできねーんじゃおしまいだ。せいぜい頑張るこった」

「うん、わかってる！　めっちゃ頑張ります！」

フン、と鼻を鳴らして、オレは流れていく景色を眺める。

――大方、事前面接を突破した理由は察した。ポテンシャルだけ見りゃ確かに、ＷＢＦが好みそうな人材だ。

だが、これまでの選考はあくまで書類ベース、面接ベースのもの。これから始まる試験本番はもっとビジネスに即した内容になるはずで、何かしら目に見える成果を示さなきゃならねーはず。

ビジネスのビの字も知らねー環が、そこでいったいどう戦うのか……それでおそらく、ビジネスパーソンとしての真価が見えるだろう。

「えへへ、でもさっそくユーとお話しできたのはうれしいなー！　説明会の時からずっと気になってたから！」

……と、そんな呟《つぶや》きを聞いて、ふと思い出す。

そういや、なんかオレのこと知ってるっぽいノリだったか……こっちは未だに全く身に覚えねーけど。

「……なぁ。説明会って、一番最初の募集説明会か？　ビッグサイトでやった？」

顔を僅かに環《たまき》の方へ向けて尋ねる。

「うんそれ！　そこで見かけた時からね、めっちゃすごそうな人だなー、って思ってたの！」

「……見かけた時ってオイ」

まさか、それだけか？

つーか説明会って、相当な人混みだったぞ。他のビジネス系のイベントもあったからだろうが、のべ人数で３０００人くらいは来場者がいたという話だ。

実際その場にいたオレからしても、ただすれ違っただけのヤツを目で追えるような混み具合じゃなかったと記憶している。

環は、えへへ、と恥ずかしそうに笑って話し始める。

「最初はね、その青色の瞳が海の色みたいですっごい綺麗《きれい》だなー、って思ったんだ！　カラコンとか使ってるのかい？」

「……いや、こりゃ地だ」

「おおぅ、外国の人とのハーフとかかい？　ウチの島にもいっぱいいるよ！」

おじいちゃんおばあちゃんの時代はアメリカ領だったから！　とサムズアップする環。

「あとスーツ姿がね、すごい着慣れてるなーって思った！　ピッタリハマって見えたっていうか、もうずーっとその格好してるんだろうな、って感じでしっくりきた！」

「……」

「だからきっと、いろんなお仕事してるすっごい人なんだろうなー、って思ってたんだ！　他にもすごそうな人はいっぱいいたけど、ユーはその中でもいちばん優しい雰囲気で、なんかすっごく仲良くなれそうだなぁ、って思って——」

「……なぁ」

オレはいったん遮《さえぎ》って問う。

妙な違和感を感じたからだ。

「アンタ、そんなにオレのことじっくり観察してたのかよ？」

「えっ……？　あっ、違う違う！」

と、環は慌ててブンブンと手を横に振る。

「そんなじっくり見たりしてないよ！　ほんのちょっと、ちらちらーっと見ただけだから！」

「……ちらっと、って」

それだけで初対面の人間の印象をそこまで詳しく捉えられるか……？

ざわざわと次第に深まる違和感に戸惑っていると、環は照れたように頬《ほお》を掻《か》きながら続ける。

「だって気になった人みんなをそんなじーって見つめてたりしたら、それめっちゃ変な人じゃないかい!? 不審者だー、って通報されちゃうよ！」

「気になった人みんな……？」

——ざわり。

「オイ、まさかとは思うが……アンタ」

「うん？」

「そうやってちょろっと見ただけのヤツ、全員の特徴覚えてんの……？」

環《たまき》は、一瞬虚を突かれたような顔をしてから、あっけらかんと続ける。

「そうだよ？」

……。

——……。

「……じゃあ、順に特徴言ってみろ」

「えっ、全部かい？」

「言える限りでいいから」

「お、おおぅ？」

　環は不思議そうに首を傾《かし》げ、それから「えっとね――」と切り出す。

「最初に見かけた人は、ちょっと猫背な感じの女の子だった！　だいたいみんなビジネスーって感じのスーツだったけど、その子だけすっごくオシャレな格好でね！　なんだかニコニコ楽しそうな顔で会場を眺めてたなぁ。それで、会場の中心あたりにね。すごいどっしり落ち着いてるっていうか、周りをずらずらっとお父さんくらいの年の大人たちに囲まれて、なんか王様っぽいオーラまとってる人がいた！　そうだなぁ、ユーと同じぐらいにすごそうだな、って思ったのはその人だけかも！　あと通り道の端っこの方にいた人はね、人混みに酔っちゃったのか、なんだか辛そうな顔してててね。声かけようかなー、って思ったけど、すぐにどこかに行っちゃって話しかけられなかったんだぁ。それと、人だかりのできてるところにいたお兄さんはね。めっちゃ気さくな人で、いっぱいの女の子と仲良くお話ししてて楽しそうだった！　あっ、あとね。その人はちょっと遠くて見えにくかったんだけど……ショートカットで凛々しい感じの、たぶん女の人かな？　周りの人がサーッ、って道を開けてく感じがなんだかヒーロー登場って感じでかっこよかったなー。そうそう！　その人の後ろにいた女の人は、なんか名家のお嬢様って雰囲気でね！　着物着てたんだけど、柄とかデザインは今っぽいっていうか、新しい感じですごかった！　あとは、すごく思い詰めたような顔で歩いてる人もいてね。たぶんすっごい覚悟でここに来てるんだろうな、って思ったよ。それでそれで――」

「……いや、わかった、もういい」

今まさに会場《その場》にいるかのように連綿と繰り出される言葉を、オレは首を振って遮《さえぎ》った。

……当然、発言の真偽は判別できない。

適当に言ってるだけの可能性もある。

可能性もあるが――。

「……」

「うん……？」

コイツは、さっきから。

一度も嘘をついていない。

「え、そんなにびっくりするようなことかい……？」

「……逆にどうしてそれが普通だなんて思ってんだよ」

「だって、昔からずっとそうだもん」

それに、と。

環《たまき》はまた、至極当然だって顔で。

「〝友達〟になりたいって思う人のことをさ。

なるべくたくさん、できれば全部を理解《わか》ろうとするのなんて、当たり前じゃないかい？」

――……。

ああ、なるほど……。

限られた人間としか出会わない、僻地《へきち》の離島という環境にいたから――。

今まで、その異常性に気づかなかったのか。

「…………。アンタ、やっぱアホだな」

「えっ、あれ？　今どこかアホなとこあった……？」

「しかもワールドクラスのアホ」

「おぉぅ、ミーめっちゃアホ……でもそこまでいくと逆にすごい気がする！」

わーい、と意味もわからず喜ぶ環。

――これは。

もしかすると、化けるかもしれない。

オレは姿勢を正すと、胸ポケットから名刺入れを取り出す。

「――申し遅れました」

そして、その中の一枚を差し出しながら――。

「コンサルティングカンパニー〈Makoto《M》 &《&》 Company《C》,Inc.〉代表取締役社長、真琴成《まことせい》です。今後とも、よろしくお願いします――環社長」

クライアントにするものと同じように、深々と頭を下げた。

環《たまき》は目を丸くして驚いたあと、すぐに「……あっ、はい！　ちょーだいします！」と、これまた覚えたてのビジネスマナーよろしく、恐る恐る両手で名刺を受けとった。

「おおぅ、すごい、全部英語だ……！　ねーねー、こんするたんと、ってどんなお仕事⁉」

「コンサルタントな……まぁ雑に言うとヨソの会社の経営をサポートする仕事、ってトコ」

「えっ、そうなのかい⁉　じゃあもしかして、頼めばウチのお手伝いもしてもらえる⁉」

「イヤ、資本金1円の木っ端企業に払えるような額じゃねーから。最低報酬月200万だぞ？」

「えええええっ、ミーの10年分のお年玉より高い⁉」

うわーん出世払いでなんとかー、なんて風に泣きついてくる環をスルーして、オレは窓の外を見る。

——正直、まだ直感の域を出ない。

〝ビジネス〟の方向はあくまで内側。島という限られた場所、ごくごく小さなスケールで完結するものだ。

見出だした異常性もまた限定的なもの。せいぜい接客か、営業くらいにしか役立ちそうにないように思える。

だが——。

その力が、束ねる方向へ開花すれば。

コイツの抱《いだ》く〝世界《りそう》〟が、外側へ広がっていけば。

それは、オレの目的の達成に——。

きっと一番、近い。

「——賭《か》けてみてもいいかもしれねーな」

「え？　なんか言ったかい？」

「こっちの話」

オレは立ち並ぶビルを眺めながら、密かに笑みを深めた。

×　×　×

「――あと、どうでもいーけどさ」

ふと話を変えるように、オレは最初から気になってたことを尋ねる。

「アンタ、ミーとかユーとか、その間抜けな呼び方なんとかなんねーの？　ウケ狙《ねら》いにしても寒いぞ」

「え……あっ、ごめん！」

環《たまき》はハッ、と何かに気づいたように口に手を当て、それから照れたように言う。

「えへへ、これ方言だった！　内地の人はそー言わないんだよね？」

「ハ？　……え、ガチで？」

「めっちゃガチ」

まさかコイツの島の住人、全員ルー○柴なのか……？

3 Side:真琴成　試験説明会での出来事

――東京・赤坂〈ＷＢＦ　ＪＡＰＡＮビル・受付ロビー〉――

なんとか開始時刻15分前に現地へと到着したオレと環は、受付ロビーへと足を踏み入れた。

「おおっ、すごいっ！　めっちゃオシャレだ！」

環が「はえー」と半開きな口でアホっぽい声を漏らす。

海外の高級ホテルを思わせるラグジュアリーな内装のロビーは、多様な人種のビジネスパーソンが行き交っていた。

地上54階建てのビルは、丸々全てがＷＢＦが所有・管理する施設となっている。高層オフィス区画がメインではあるが、ショッピングモール、ホテル、美術館、公園なども併設されていて、国内外から観光目的で訪れる人も多い場所だ。

入居している商業店舗は全てがＷＢＦの協賛企業になっていて、育英生になると無料で利用できたり優待を受けられたりという特典もあるらしい。流石《さすが》に世界有数の財団ってのは太っ腹だな。

そんなことを思いつつ、オレたちは受付に二人分の受験票を見せて、最上階にあるという説明会会場へ向かう。

「おー！　おーおー！　すごーい、青灯台よりたかーい！」

ぐんぐん上がっていくガラス張りのエレベーターに張り付いた環は、目をキラキラ輝かせながら言う。

「田舎モンのお手本みてーな反応しててんじゃねーよ、みっともねー。つーか高層ビルの一つや二つ入ったことくらいあんだろ」

「えへへ、実は上京してからずっとシェアハウス《おうち》で節約生活してて、全然観光とかできてないんです。だから今日はめっちゃお得な気分！」

「……まさか、これまでの人生で1回も島を出たことないとかじゃねーよな」

「ううん、中学の修学旅行で1週間だけ出たことはあるよ！　でもそれだけかなー」

窓に張り付きながらそう答える環《たまき》。

「内地に渡るのに船で丸1日かかっちゃうからさ。いつもは行っても父島までなの」

そうか、小笠原は空港ねーのか……そうすると実質、沖縄より遠いのかもな。東洋のガラパゴスとはよく言ったもんだ。

そうこうしているうちに、ピンポーン、と到着のベルが鳴り、オレたちはエレベーターを降りて最上階フロアへ。このフロアには併設のホテルのレストランと、式典会場などに使えるホールがあるらしい。

そしてオレたちが『ＷＢＦ育英生・選抜試験説明会 会場』と立て看板の置かれたホールに一歩足を踏み入れると――。

「「「――――」」」

ざわり、と。

一瞬、場の注目が集まるのを感じた。

「――あいつは」「碧眼に涙ぼくろ……まさか？」「ワーオ、〈成功請負人〉かよ」「ははっ、やっぱえっぐい奴しかいねーのなー」「……」「ははっ、面白くなってきたじゃん――」

向けられる好奇、驚き、歓喜、怒り、畏《おそ》れ、憎しみの視線。

ざっと周囲に視線を巡らせると、予想通り、とんでもない実力者ばかりが揃《そろ》っているようだった。そこそこ見知った相手もいれば、お近づきになりたくないヤツまでさまざまだ。

「お、おおぅ……成《せい》くん、なんかすごい注目されてないかい……？」

「さぁな」

ひそひそと遠巻きに囁《ささや》かれる声を無視して、オレは部屋を見回す。

高い天井からシャンデリアが吊るされた、ロビーに負けず劣らず豪奢《ごうしゃ》な室内には、シックなダークウォルナット製の4人掛けテーブルが横に4脚、縦に7列配されている。満席だと約100人座れる計算だから、それが候補生の人数と見ていいだろう。

対して、育英生の定員は20人で、単純計算でここからさらに8割が落ちる計算だ。

さて、果たして誰が残って誰が落ちるか――。

「いよぉっす、成《せい》!」

「うおっ!?」

急に、バシーンと強く背中を叩《たた》かれ、思わず前につんのめってしまった。

「ってぇー……! クソが、後ろからは卑怯《ひきょう》だろーが……!」

「がはは、相変わらずモヤシだなぁ! どぉよ、昔みたいに一発トンネル工事キメとくか?」

……振り返るまでもなく声でわかる。

腐れ縁のアホ野郎だ。

「おいコラ、いい加減訴えるぞ、陸《りく》!」

「おぉ、こわこわ。お前の訴訟とかぜってぇ陰湿そうだもんなぁ」

おどけた調子でそう言ってから、再び「がはは」と八重歯を覗《のぞ》かせながら大口で笑う。

――〈株式会社大島土建《おおしまどけん》〉代表取締役社長〈大島《おおしま》陸〉

いわゆるスーパーゼネコンの一つ〈大島工務店《おおしまこうむてん》〉の創業一家、3代目の跡取り息子であり、今はトンネル掘削《くっさく》・道路工事・橋梁《きょうりょう》建設など、インフラ周りの子会社を束ねる若社長だ。

子会社とはいえ資本金は１０００億円、従業員数は１０００人超え。自らも時折現場で汗を流す現場至上主義者ながら、若さゆえの柔軟性で無人重機などの先進技術も積極的に採用。社長就任２年目にして、落ち目だった会社の売り上げを２００％まで引き上げた実力者である。

古き良き現場の力は尊重しつつ、時代遅れな慣習やルールは構わず打ち壊す。そのことから、業界では〈大島の破壊児〉と呼ばれていた。

オレはジンジンと痛む背中をさすりながら、陸の後ろで素知らぬ顔をしているヤツに声をかける。

「ちったぁ止めろよ、京《きょう》！　この兄貴、いつかぜってー賠償金払わされるぞ！」

「……私、兄さんのお守りじゃない」

ぼそりと答えたソイツは、陸の双子の妹、京だ。

――〈株式会社大島ハウス〉代表取締役社長〈大島京〉

〈大島工務店〉の住宅部門を切り離して作られた子会社の社長であり、引きこもり気質の当人が『自分が一番住みやすい家』を作ることに注力した結果、居住性・機能性・信頼性と３拍子揃《そろ》った次世代住宅の開発に成功。大手ハウスメーカーに圧倒されつつあった住宅市場のシェアをトップ３にまで回復させた若き才媛である。

日本人形のような見た目と、普段は自宅兼事務所に引きこもって出てこないこと。さらに、関わった事業に福をもたらすその有り様から、界隈では〈大島《おおしま》の座敷童〉と呼ばれていた。

陸《りく》と京《きょう》の二人とは同い年。オレが〝ビジネス〟を始めた数年後に派遣で飛ばされた工事現場で知り合った間柄だ。

それから約10年にわたり、時には協業したり、時には入札を競ったりと、なんやかや関係が続いている。

まぁ有り体に言えば、腐れ縁の幼馴染《おさななじみ》というヤツだった。

「ったく……さして経営が苦しいわけでもねークセに、こんなトコへ何しに来やがった」

「がはは、とかく公共事業が悪者扱いされる世の中だからなぁ。親会社《クソおやじ》の顔色窺《うかが》ってるだけじゃ先はねぇってことよ」

「親会社《ババ》が新しい工場作ってくれないのが悪い」

ちっ……白々しくそれらしい理屈並べやがって。

「成《せい》くん成くん、友達かい!?」

とかなんとか話していると、ずしりと右肩に重みを感じた。

見れば、オレの後ろにいた環《たまき》が両手を置いてひょこっと顔を覗《のぞ》かせていて、その距離の近さに思わずぎょっとする。

「ミー初対面だから紹介してしてー！」

「ちょっ、だから軽々しく近づくなって――」

「うおぇっ!?」

「む」

……と、続くオレの言葉は、大島《おおしま》兄妹の驚嘆でかき消された。

「う、嘘《うそ》だろっ!?　あの成《せい》に彼女!?　寝ても覚めても仕事仕事で女への免疫ゼロ、ちょっと近づくだけでも『コンプラコンプラ』呪文を唱えながらチキって逃げる、あの根っからの童貞野郎に!?!?」

「奇跡を見た」

「ハッ……!?」

オイ待て、いきなりなんつーこと言いやがる、このアホ兄妹！

あまりの言い草に言葉を失ってしまったオレをよそに、環《たまき》は相変わらずのノリで応じる。

「あはは、それは成くんに悪いよー！　ミーはただのお友達です！」

「とっ、友達っ!?　普段はビジネスライクが服着て歩いてるような上っ面《つら》男、本性は口は悪い態度は悪い、でも実は寂しがりやの構ってちゃんとかいうしちめんどくせぇツンデレ野郎に俺ら以外の友達が!?!?」

「天使を見た」

「クソが、やっぱり訴訟だ訴訟！　お前らまとめて名誉毀損で訴えてやる！」

二度と余計なこと言えねーようにしてやるからな、覚悟しとけ……！

そんなこんな、人をネタにして盛り上がる大島兄妹相手にぎゃーすかやり合っていると──。


「──これはこれは。まさかあの〈成功請負人〉とご同席できるとは」


ふと、慇懃《いんぎん》な口調で近づいてきた男の姿が目に入った。

その人物が初対面の有名人であることに気づくなり、オレは思考を切り替える。

──これまた、大物のお出ましだな。

オレはネクタイを締め直してビジネスモードに入った。

「その呼び名はやめていただけますか。名前ばかりが一人歩きしてる状態なので」

「ははは、ご謙遜《けんそん》を。ウチの業界でも貴方のご高名は通ってますよ、真琴《まこと》社長。つい最近も、某Vtuber事務所を上場まで導いたとか？」

「そういう貴方も、破竹の勢いなようですね、宇室《うむろ》ＣＥＯ。それとも、ＵＭＵ《ウム》氏とお呼びした方が？」

「おや、知っていただいていたとは嬉しいですね。では改めまして──」

そう言って、ロイ・ヴィトン製の名刺ケースを取り出すと、こちらへ名刺を差し出してきた。

――〈Next Live,Inc.〉代表取締役CEO〈宇室浩紀《うむろひろき》〉

YuuTube、TikTorkなどの配信者5000人を抱える大手ライバー事務所の代表であり、後発ながら、高還元率・高影響力・洗練されたノウハウ共有などを武器に瞬く間にシェアを掌握。一躍、業界3大事務所に名を連ねるまでに成長させた、配信業界の台風の目だ。

本人もまた配信者であり、かつては〈ライバー革命家UMU〉の名義で活動。「裏切り者は容赦しない」というテーマの暴露配信で頭角を現し、持ち前のトーク力と、一見優男な見た目に反し繰り出される容赦のない攻撃によってカリスマ的人気を博し、最盛期の総フォロワー数は300万人を超えた超大物である。

アンチによる通報騒動でアカウントBANに追い込まれたことを契機に、ビジネスパーソンに転向。未だ根強い影響力と豊富な資金を武器に、アパレル、コスメなど他業種へ事業展開を進め、今最も勢いのある新興起業家〈ニュージェネレーション・ファイブ〉の一人として注目を集めている。

……最近噂《うわさ》はよく聞くが、まさかWBFにまで顔を出すなんてな。

配信者時代に比べりゃ、だいぶ物腰は落ち着いて見えるが……さて。

そんなことを思いつつ、オレもまた名刺を渡す。

宇室ＣＥＯは、じっと品定めするような目でこちらを眺めてから、柔和に微笑《ほほえ》む。

「しかし、こうしてお目にかかるのは初めてですが……お噂通り、華のある方のようだ。表に立てばきっとかなりの影響力《すうじ》を持てますよ。よろしければ弊社でご協力いたしますが？」

「ご冗談を。コンサルが表に出ていいことはないでしょう」

「ははは、今は子どもから老人まで、一般人から職人まで誰もがインフルエンサーになる時代。トップが影響力を持って悪いことは何もありませんよ」

爽《さわ》やかな笑みを浮かべてそう言った宇室ＣＥＯは、隣の陸《りく》と京《きょう》にも目を向けた。

「そしてそちらは大島《おおしま》兄妹のお二方でしょうか？　これまた、とてつもない大物だ」

「いやいや、そう大したもんじゃねーですよ。ただのしがない土木業者です」

「……同意見です」

「はは、だとしたら世の大半はしがない経営者ですね。どうです、お二方も配信に興味はありませんか？　今までの日の当たりにくかった業界《しごと》を大衆にアピールするには今が絶好のチャンスですよ？」

「いやぁ、俺はそういう華やかな仕事はどうにも。汗と泥に塗《まみ》れて重機扱ってる方が性に合ってます」

「広報は部下に一任してますので……」

「それは残念」

オレと同じくビジネスモードに切り替えた大島《おおしま》兄妹もまた名刺交換を始める。どうやら二人も初対面のようだ。

宇室《うむろ》CEOはここ1、2年で急速に頭角を現した新興の起業家。大衆にどれだけ認知されていたとしても、ビジネス界隈では新参者だ。こうしてすぐさま名刺交換にやってきたのも、大方顔を売りたくてのことだろう。

まぁ、その行動力は認めるところだが——。

「はえー、すっごい！　みんなめっちゃ社長っぽい……！　ミーも名刺交換するする！」

と、ビジネスもプライベートも一切変わりない環《たまき》が目を輝かせながら話に入ってくる。

ウキウキでポケットから名刺入れを取り出そうとしている環を一瞥《いちべつ》した宇室CEOは、ふとその目を鋭く細めた。

……ふむ。

「申し遅れました！　ミー……じゃなくて、私はこーいう者です！」

環は、にかっ、と笑顔で名刺を取り出すと、宇室CEOに向けて差し出す。

宇室CEOはその名刺を手に取ってチラリと流し見るなり、己が名刺ケースを胸ポケットにしまい、顔だけ変わらぬ笑みを浮かべ。

「申し訳ありません。ちょうど名刺を切らしてしまいまして」

「えっ……？　あれ、でも、さっきはたくさん——」

「さて、そろそろ時間ですね。では真琴《まこと》社長、大島のお二方。ご縁がありましたらまたいずれ」

そう言って、自身の名刺を差し出すことなく踵《きびす》を返して去っていった。

……なるほどな、そういうタイプか。

「おー、スルー……もしかしてミー、なんか嫌われちゃった感じかい……？」

名刺を差し出すポーズのまま目をパチパチとさせる環。

オレはシャツの首元を緩《ゆる》めながら答える。

「いや、木っ端経営者が眼中にねーだけだ。アンタ個人がどうこうって話じゃねーよ」

「あ、なるほど！　……って、あれ？　あんまり意味変わってないよーな……？」

ううん……？　と首を傾《かし》げる環の横で、陸《りく》が「はん」とつまらなそうに言う。

「ありゃあ、完全にノってる時のベンチャー社長だな。何をやっても成功成功また成功、俺のやることたぁ全部うまくいくを地でいってるやつ」

「……あんまりいい噂《うわさ》聞かない」

京《きよう》の言うように、宇室ＣＥＯにはさまざまな噂が飛び交っている。

対立事務所に対する集団引き抜き。視聴数《すうじ》の取れない所属ライバーに対するシビアな扱い。

業界の慣習を無視した強引な経営──。

儲《もう》けを出すためにはなんでもやる。経済性や合理性を最重視し、古い商習慣や馴《な》れ合いを嫌うタイプの経営者だ。

確かに、ビジネスは遊びじゃねー。仲良しごっこで売り上げが立つほど甘い世界でもねー。利益に繋《つな》がるとは思えない馴《な》れ合いの関係より、明確にメリットがある相手とのみ付き合おうとするその判断は、無駄《コスト》を省くべき経営者の判断として決して間違っちゃいねーな。

「まぁ、それはともかくよぉ――」

ふと陸《りく》はニィッと笑って相好を崩すと、自分の名刺を取り出した。

「俺らと名刺交換しよぉぜ、天使ちゃん！　名前なんてぇの⁉」

「ミカエルのミカちゃんとか？　……ぷふっ」

独特なセンスのギャグに自分でウケながら、同じく名刺を取り出す京《きょう》。

……はぁ。

ったく、本当に甘っちょろいヤツらだ。

環《たまき》は初めきょとんとしていたが、すぐに「……えへへ！」とはにかみながら笑うと、嬉しそうに名刺交換を始めた。

――確かに、仲良しごっこじゃ売り上げは立たないし、メリットのない馴れ合いに合理性はない。

合理性はないが――。

「〈株式会社 島はいーとこいちどはおいで〉社長の環伊那《いな》ですっ！　ふたりとも、友達はいかがですかっ？」

合理性だけじゃ、得られないものもある。

そこを見誤るとは、経験不足だな。宇室《うむろ》ＣＥＯ。

×　　×　　×

『――これより説明会を開始いたします。参加者の皆様は席にお着きください』

それからしばらくして会場にアナウンスが響き、オレたちは席に着いた。

オレと環は到着が遅かったので最後尾。陸と京は真ん中あたりにいる。

「ねっ、ねっ、陸くんと京ちゃんめっちゃいい人だね！　すっごい成《せい》くんのお友達っぽい！」

「静かにしろ。始まるぞ」

３枚分の名刺を嬉しそうに見比べている環を横目に、オレ《オレたち》は壇上に注意を向ける。

階段１段分だけ高くなったステージの中央には演説台。その背後には巨大なプロジェクタースクリーン。画面には『ＷＢＦ日本支部 育英生選抜試験説明会』と表示されていた。

直後、説明の担当者らしき黒髪の女性がステージに現れると、会場がシンと静まり返る。

演説台に立った女性は一度深々と頭を下げてから、マイクに向けて話し始めた。

『皆様、本日はお忙しい中、お集まりいただきありがとうございます。司会、および、本選抜試験の責任者を務めさせていただきます、不二《ふじ》と申します。よろしくお願いいたします』

和美人という言葉がぴったりの外見をした不二女史は、再び深く腰を折ってから続ける。

『すでにご承知おきのことと存じますが、我々ＷＢＦは故ジョイツ氏の遺志を継ぎ、若きビジネスパーソンの皆様のサポートをすべく発足した組織です。この場にお越しいただいた皆様はどなたも大きな可能性を秘めた方々であり、本来ならば余さずご協力差し上げるべきとは存じますが、なにぶん育英生には枠がありますゆえ、選抜試験という形を採らせていただくことをお許しください』

凛《りん》とした声で淀《よど》みなく語られる口上は、いかにも日本のビジネスシーンで使われるような持って回った言い回しだ。〝世界〟変革を標榜《ひょうぼう》するＷＢＦらしい口上かと言われると、いささか保守的だと思わんでもない。

『ですが――』

と、そんなことを思った直後。

『〝ビジネス〟とは、元来「競争」の中でこそ育まれるもの。どうかこの選抜試験を単なる入社試験などと同列にはお考えにならず、ビジネスチャンスとして存分にご活用ください』

静かながら迫力のある声音で、そう言い切った。

……なるほど。

ガワはともかく、理念はしっかりＷＢＦか。

ＷＢＦはあくまでオレたちの〝ビジネス〟をサポートする組織であり、さまざまな形で『機会《チャンス》』を与えてくれる場所だ。それは育英生になる前の選抜試験であっても例外じゃなく、ただ合否を競うだけなんてもったいないことはするな、と言いたいんだろう。

学校のように教え導くつもりはなく、私企業のように自らの利益を追求するわけでもなく、ただ経営者《オレたち》のサポーターに徹する姿勢。

そこにオレは、改めて好感を覚えた。

『それでは、早速とはなりますが、これより試験内容の説明に移らせていただきます』

その言葉で、にわかに場の空気が緊張する。

事前の対策を封じるためか、ここに至るまで試験内容については一切の情報が秘されていた。説明会というお題目で招集されている以上、この場でいきなり何かが始まるわけじゃないと思うが、果たして。

隣の環《たまき》も真剣そのものな表情でごくりと唾《つば》を飲み込み、メモでも取るつもりなのか、手帳とペンとを取り出している。

『それでは、発表いたします』

スクリーンの画像が切り替わると、そこには――。

『WBF日本支部、育英生選抜試験。試験内容は――〈自己株比較〉です』

「……じこかぶひかく？」

環《たまき》のぽかんとした呟《つぶや》きが漏れる。

ふむ……。

自社株じゃなく自己株、ね。

『この試験では、皆様ご自身の〝価値《バリュー》〟を株に見立てた〈自己株〉を発行いただき、その時価総額を競っていただきます』

「えっと、株……時価総額……ってなんだっけ……」

『〈自己株〉は、疑似的な株式市場である〈自己株市場〉に上場され、我々WBFの試験官が投資家を模して日々売買いたします』

「うん……市場で、売買……？」

『なお、現在の株価は事前面接の結果を元に算出しております。この説明会後より、その株価を始値《はじめね》として市場が開き、以後は通常の株式市場と同様、市場原理に従い株価が変動するとお考えください』

「う、うぅん……？」

『なお、株式分割、値幅制限、サーキットブレーカーなど、実際の株式市場における仕組みの適用有無については、後ほどお配りする資料に詳細を記載させていただいております。適宜ご確認ください』

「…………？？？」

途中までペンを動かしていた手はすっかり止まり、完全に脳みそショートという顔でフリーズする環。

……まぁ、ビジネス素人じゃそうなるわな。

前提とされている『株と株式市場の仕組み』がわかってなけりゃ、試験のイメージすらできねーだろう。

オレはため息をついて小声で言う。

「あとでもろもろ解説してやるから、とりあえず大人しくしとけ」

「えっ、いいのかい……!?」

「講習料30万な。出世払いにツケといてやる」

「お、おおぅ……優しいけどしっかり厳しい……」

嬉しさ半分、辛さ半分という独特な表情をする環。

表情筋の器用なヤツだ。

『試験期間は本日より5月末日までの約1カ月半。最終日15時時点の時価総額、上位20名が合格者となり、育英生資格が与えられます。なお〈自己株市場〉の市況については専用アプリ〈自己株アプリ〉をご用意しておりますので、後ほどお配りする資料の末尾に記載のQRコードからダウンロードの上、ご利用ください』

へぇ……試験のためにわざわざアプリまで用意したのか。まぁ投資コストを考えりゃ、今後も何かしらに使うつもりなのかもしんねーが。

『以上が試験説明となります。なお、ただいまご説明差し上げた内容は今からお配りする資料に記載しておりますが、その他、試験内容に関わるご質問にはお答えできかねますので、あらかじめご了承ください』

それから係員によって資料が配布されると、不二《ふじ》女史は一礼して降壇した。

拍手の音とともに場の空気がわずかに弛緩《しかん》する。

……メイントピックはこれで終了か。

そんで、この後は――。

『それでは最後に――WBF日本支部・支部長から一言、ご挨拶《あいさつ》をさせていただきます』

アナウンス席に戻った不二女史のその言葉で、再び場が引き締まる。

「おー！　支部長ってことはあの人だよね？」

「……」

オレは黙って壇上に目をやる。

……支部長が表に顔を出すのはこれが初めてだ。

ＷＢＦは国ごとのビジネス習慣や社会制度に即した組織とするため、支部によって特徴が大きく異なる。育英生の選抜方法も国によってがらっと変わり、例えばアメリカでは試験ナシで支部長《ボス》が直接対象者をスカウトに行くらしい。

共通するのは理念のみ。そして理念の体現者とも言える支部長は、各国で最もふさわしいとされる人物が選ばれるわけだが──。

──こつん、と。

革靴が冷たい音を奏で、壇上に一人の男が現れる。

同時に、空気がぴしりと固く緊張し、注目がその人物に集まる。

──国産の高級スーツを着込んだその姿。

背丈は高いが痩せぎすで、目は落ち窪《くぼ》み、瞳の奥に膿《う》んだギラつきを秘めているその男。

バブル崩壊によって低迷していた日本経済界に彗星《すいせい》の如く現れ、当時流行り始めていたＩＴを足がかりに、建築、製造、金融、運輸、テレビ業界など、多種多様な業種をＭ＆Ａを駆使して瞬く間に掌握。
最盛期にはグループ企業だけで国内総生産《ＧＤＰ》の10％を叩《たた》き出し『新財閥』と呼ばれるほどの勢力を一代にして築き上げた怪物。
当時の通り名は〈日本経済の革命児〉
そして今は――。

『――諸君。〝世界〟を、変えたいと思ったことはあるか』

――〈日本経済の売国奴〉
〈株式会社ワールド・ゲート〉元代表取締役社長――〈網口隆史《あみぐちたかし》〉

「へー、あれが網口社長かー……なんかちっちゃい頃テレビで見たのと印象違うかも……？」
「……そーだな」
ヒソヒソと小声で呟《つぶや》く環《たまき》に、オレはなんとなしに答える。
『ＷＢＦは、そのチャンスを与える場である。世界で唯一、それを実現できる場所である』

幽鬼のような面相で語られる言葉は、おそらく定型の演説文だろう。大企業の株主総会で見るような、茶番じみた挨拶《あいさつ》だ。

「確か昔、逮捕されちゃったんだよね……？」

「市場操縦と巨額の脱税でな。つい昨年出所したばかりだ」

「ニュースとかだとめっちゃ悪い人って言ってないかい……？」

「国の基幹産業を丸ごと破綻《はたん》に追い込もうとした、らしいな」

「それなのにどうしてＷＢＦの支部長になったのかな……？」

「前から決まってたとかじゃねーの」

それきりオレは腕を組んで目を瞑《つむ》る。

『──諸君らは、日本経済界の希望である。バブル崩壊以降、長く停滞したこの国を立て直せる、未来の担い手である』

……こんなテンプレの演説、まともに聞いたって得るものは何もない。

時間の無駄だ。

オレは耳に入る雑音全てをシャットアウトし、これからの戦略を考えることにした。

『──。──、──』

「……」

「──。──……」

「…………」

『――では、諸君の奮闘を期待する。必ずや〝世界〟への挑戦権を勝ち取ってほしい』

……ふん。

アンタに言われるまでもねーよ。

そのうちにパチパチパチと拍手の音が響くのを聞いて、やっと目を開く。

腕を組んだまま微動だにしないオレを環《たまき》が不思議そうに見ていたが、オレはただ誰もいなくなった壇上をじっと見つめていた。

×　　×　　×

――ざわざわ、ざわざわ。

説明会は全て終了し、ホールは喧騒《けんそう》に包まれている。

周囲を見ると、スマホを確認して頭を抱えている者、さっさと会場を去る者、集まって商談らしきものを始めている者などさまざまだ。

「えっと、ログインIDは受験番号で……パスワードは生年月日で……おおぅっ!?」

早速〈自己株アプリ〉をインストールしたらしい環が驚きの声を上げている。

「みてみてっ、ミー1億円もあるよ!?」

そう言ってこちらに向けられたスマホを見ると、そこにはいわゆる株価チャートの画面が表示されており、現在の株価や順位が記されていた。スケールは折れ線グラフ、10分足、1時間足、日足《ひあし》、週足《しゅうあし》と並んでいるが、試験開始直後だからか中身は真っ白で何も書かれていない。

「はえー、1億円って宝くじが当たった気分だなー！　どのくらいすごいのかなー!?」

「少なくとも参加者の中じゃ木っ端だろーな。100人中99位だぞ、アンタ」

「あれ、ホントだ!?」

全然すごくなかったー！　と大袈裟《おおげさ》に頭を抱える環。

それよか環以下のヤツがいることのが驚きだがな……。

「……って、うわっ!?　成《せい》くん、めっちゃすごくないかい!?」

「あ?」

と、応募者全員の株価一覧画面を開いた環が瞠目《どうもく》する。

「時価総額1、1、1000億円!?!?　しかも順位7番だよ!?」

その叫びで、ざわり、と周囲がどよめくのを感じた。

1000億ね……1株単価10万円で1000万株、ってとこか。

オレはずらっと並んだ順位と候補生の名前、そして株価を見ながら、今後の試験の進め方を決めた。

なんにせよ、オレが採るべき選択肢は一つだ。

「おぉい、成《せい》。ちょい仕事頼むわぁ」

……と、ちょうど結論を出したところで陸《りく》と京《きょう》がやってきた。

「今後の鉄筋・生コンの資材価格の動向と為替リスクについてまとめよろ。ついでに今度の法改正の要点整理も」

「うちは市場規模の推移と戸建販売件数の各社比較データが欲しい。直近10年分」

「お前らな……少しは遠慮しろよ。一応ライバルだぞ?」

「がはは、直接やり合って旨味があるような試験じゃないだろ? ここは一つ、持ちつ持たれつでいこぉや」

「むしろ感謝してほしい」

「ちっ……」

流石《さすが》に二人とも判断が早い。早速この試験における自分たちの戦略を決めたみてーだ。

「陸くんが700億円で12番……京ちゃんが600億円で15番……!? すごい、みんなもう合格ラインだ……!」

「いやいや、これからこれから。下がることだって十分考えられっからよぉ！」

「変動しなきゃ株式市場って言えない。だから今からでも成をぶっちぎる余地たっぷり」

「そっか、そうだよね！　よーし、ミーも頑張るぞー！」

やる気満々って顔で、両拳をぐっと握りしめる環《たまき》。

その能天気な様子を見て、オレは「ハン」と笑ってから口を開く。

「まったく、気合いだけは一丁前だな。何をどうすりゃいいのかサッパリわかってねーくせに」

「ひとまず成くんへの出世払いをめっちゃ頑張りますっ!!」

「そんで出世払いの意味もわかってねーときた」

「がはは、伊那《いな》ちゃん気にするな！　ただ単に心配してんだよ、このツンデレ」

「でも直接そう言うのも恥ずかしいからとりあえず悪態つくの、このツンデレ」

「クッソ、やりづれぇ……」

こいつらさっさと帰んねーかな……。

「――真琴《まこと》社長。ビジネスのお話をしてもよろしいでしょうか？」

……と、そうこうしているうちに、爽《さわ》やかな笑みを浮かべた宇室《うむろ》ＣＥＯがやってきた。

オレは若干気を引き締めてから相対する。

「結論から言います。私と組みませんか？」

「ほう……？」

宇室《うむろ》ＣＥＯは〈自己株アプリ〉の自分のページをこちらに見せてくる。

「私の〈自己株〉時価総額は60億。ランキングは24位と、合格ラインまでもうあと一歩足りないところでして」

そう今の状況を語る宇室ＣＥＯだが、その顔は自信に満ち溢《あふ》れている。自分が落ちるはずがない、と確信している顔だ。

「我が社は未だ成長途上にあります。ライバー事務所としての実績は言うまでもなく、アパレル事業も伸び率３００％の高成長率を記録し、その成果は他の方々と比べても決して見劣りするものではない。真琴《まこと》社長ならご存知でしょう？」

「ええ、まぁ」

「さらに私は、このタイミングに合わせて、インフルエンサーがバーテンダーを務める新形態の『インフルエンサーバー』の事業を始めようと思っています。その実績が追加となれば一挙に株価は上がり、合格間違いなしだ」

……なるほど。

どうすれば〈自己株〉の株価を上げられるかを看破した上で、虎の子のビジネスプランを当てるつもりか。

やっぱり経営者としちゃ、かなり優秀みてーだな。

「真琴社長には、その事業の経営サポートをお願いしたいのです。いかんせん飲食店経営は初めてですので、そこのノウハウをご教授いただければ、より効率的に事業をスタートできます」

ニコリ、と柔和に笑う宇室ＣＥＯ。

「これは双方に利のある話です。なにより真琴社長は、組む相手を探しておられるはず」

「ほう。なぜそう思われましたか？」

「はは、そんなのは当たり前でしょう。なぜならあなたは経営コンサル——誰かと組まなければ仕事にならない」

「……ご明察。さすがですね」

宇室ＣＥＯの言う通り、オレのビジネスは他社のサポートに特化したもの。顧客《クライアント》がいてこそのコンサルであり、それは翻《ひるがえ》って、オレ一人じゃ何もできないのと同義だ。

つまりオレは、試験突破のためにも必ず誰かと組む必要があった。

オレの答えに満足したのか、宇室ＣＥＯは意気揚々と続ける。

「そして、そんなあなたがその力を十二分に発揮できるのは、前途有望でありつつも経営改革にまで手を回せない、我々のようなベンチャー企業と組んだ時。少なくとも、付き合いで渡されるお情け程度の仕事をこなすより、遥かによい実績となることは間違いないでしょう」

その言葉に、苦笑して肩を竦《すく》める陸《りく》。京《きょう》はツンと唇を尖《とが》らせてそっぽを向く。

ふむ……。

「ましてや──」

さらに宇室《うむろ》CEOは、当然の事実と言わんばかりに。

「資本金1円などという学生がお遊びで作るような零細企業に費やせるほど、あなたが積み重ねてきた時間《けいけん》は安くはないはずだ」

その発言を受け、環《たまき》がハッとした顔になる。

……この短い時間で環の会社登記を調べたのか。判断も行動も早いな。

「ビジネスは馴《な》れ合いのお遊びじゃありません。合理的かつ貪欲《どんよく》に利益を追い求めてこそ、初めて成功に近づくのです」

宇室CEOは確信に満ちた声で、勝ち誇るかのように大仰に手を広げながら言ってのける。

オレは腕を組んでしばし黙り込んだ。

──確かに、仕事として考えれば魅力的な提案だ。

足りない部分を補い合うという至極真っ当な業務提携であり、言っていることも全て筋が通っている。だいぶ自信が先行している節はあるが、そうなってもおかしくないだけの実績も残してきている。

少なくとも、オレが手を貸せば合格に導くことは容易に思えた。

「……よくわかりました」

「おお、それでは――」

「念のため、確認ですが」

だからオレは、本質を確認しておくことにした。

「宇室ＣＥＯは――なぜ〝ビジネス〟を始めたのですか？」

その問いに、宇室ＣＥＯは虚をつかれたような顔になる。

だが、すぐにまた、当たり前とばかりに笑って――。

「それは真の『〝勝ち組〟になるため』ですよ」

「――」

「現代社会《このせかい》において、誰からも〝勝ち組〟と見做《みな》される存在――それは『大成した経営者《ビジネスパーソン》』だ。有名ライバーなどとは社会的地位《ステータス》の格が違う」

「――……」

「そして人は誰しもが〝勝ち組〟でありたいと考えるもの。私はその本質に人よりもいくらか正直である――と、それだけのシンプルな話です」

ハッキリ、と。

心底そう思っていると言い切る姿を見て、オレはなるほど、と思った。

……それなら、答えは決まったな。

「ありがたいお話ですが——お断りさせていただきます」

シン、と。

一瞬、場が凍った。

「……。今、なんと？」

まさか断られると思っていなかったのか、宇室《うむろ》CEOは初めてその顔からビジネススマイルを剥《は》がして驚きに染めた。

オレは息を一つ吐いてから続ける。

「実は先約がありまして」

「……大島《おおしま》のお二人でしょうか？」

「いいえ」

そう言って、オレはぽかんと呆《ほう》けた顔でいるソイツを見た。

「私は先ほど、環社長と顧問契約を結びました。ですので、新規のコンサルはお受けすることができません」

「……えっ？」

環《たまき》が、ぽかん、と呟《つぶや》く。

「こ、顧問契約……？」

「タクシーで言っただろ。今後ともよろしくお願いします、って」

「あっ……！　あれって、そういう……？」

ひゅう、と陸《りく》が口笛を鳴らす音が聞こえ、オレはフンと鼻を鳴らして誤魔化す。

「……理由をお聞きしても？」

不合理なオレの行動に苛立《いらだ》ちを覚えたのか、宇室ＣＥＯがそう尋ねてきた。

オレはしばし考えてから口を開く。

「そうですね……あなたの流儀に合わせてお答えするなら、環社長と組む方のメリットが上回った、とそういうことです」

「……そんな、まさか。それほどその方の事業に魅力があると……？」

「いいえ、それは全く」

「えええっ!?」

がーん、という擬音がピッタリの顔で驚く環《たまき》と、ますます理解できないとばかりに顔を歪《ゆが》める宇室《うむろ》ＣＥＯ。

オレは呆《あき》れ声を作って言う。

「実績なし、事業計画もなし。市場需要《ニーズ》も読めなければ、収支の予測も立たず、何より経営者がド素人の一般人。これで事業に魅力があるなんて言えるわけもないでしょう?」

「ならばなぜ――」

「だから、ですよ」

オレはふっ、と小さく笑う。

「ご存知の通り、私は経営コンサルです。経営者に足りない部分を補い、〝ビジネス〟を成功に導くのが私の〝ビジネス〟だ」

だから、と。

単純に事実のみを語るように、淡々と。

「その道筋が困難であればあるほど、成功に導いた時の功績は大きい」

「……!」

「すなわち、私の仕事の成果を最大化するには、環社長《しろうと》と組むのが最も合理的ということです」

オレの回答に瞠目《どうもく》して黙り込む宇室ＣＥＯ。

「宇室ＣＥＯ。あなたと組んだのでは簡単にすぎる。試験に臨む上での成果としては、いささか物足りない」

「……困難と不可能では全く意味が異なると思いますがね」

宇室ＣＥＯは理解不能、という顔で吐き捨てるように言った。

オレはぽかんと口を開けて呆《ほう》けてるアホを流し見る。

「まぁ、ついでに個人的嗜好《しこう》で言えば……歩く爆発物を放置するのは精神衛生上よろしくないので」

「歩く爆発物……ってそれミーのことかい⁉」

なんせ、こいつはワールド級《クラス》のアホだ。

好き勝手させといたらどこで何をしでかすか全く予想できないし、下手したら爆発の巻き添えを食わないとも限らない。

だとしたら、手の届くところできっちり監視しといた方がトータルで見てプラス――って、おいコラ京《きよう》、何ニヤニヤしながらこっち見てやがる。

癪《しやく》に障《さわ》るニヤケ面《づら》を睨《にら》みで牽制《けんせい》していると、宇室ＣＥＯはギリ、と歯を鳴らして振り返る。

「……交渉決裂ということであれば長居は無用。時間が惜しいので、これにて失礼します」

「ご希望に添えず申し訳ありません」

頭を下げるオレを無視して、ツカツカ早足で歩き去ろうとする宇室ＣＥＯ。

「……あぁ、念のため。ご忠告申し上げておきますが――」

だが去り際に、ふと立ち止まったかと思えば。

「ご協力いただけないということは、限られた枠を競う敵、ということ。

私がこれまで敵を相手にした時にどうしてきたか――よくよく思い知らせてやる、クソガキ」

ギラリ、と眼の奥に怒りを燃やし。

そうハッキリと、敵対を宣言した。


「――ハッ」


やっぱりその本性は変わってねーか、〈ライバー革命家ＵＭＵ〉。

いいだろう。そっちがそのつもりなら、こっちにも考えがある。

オレはネクタイをキュッと引き締め、その宣戦布告を真っ向から受け止め――。

「それならオレは、アンタに本当の〝ビジネス〟ってヤツを教えてやるよ――新米経営者」

——こうして、選抜試験《たたかい》の火蓋《ひぶた》は切られた。
あくまで試験は前哨戦《ぜんしょうせん》。己が〝世界《りそう》〟のため競い合う前段階の、ウォーミングアップのようなものだ。

だが、なかなかどうして——。
退屈は、しなそうだな。

——。

——……。

「よっ、お家芸のビジネスイキり！　ビジネス界一のイキリスト！」
「いい年して未だに厨二病……きしょい」
「うっせーよ！　とっとと帰っちまえ、このアホ共っ！」

第二章　育英生選抜試験（準備編）――― His and Her Business Plans.

1 Side:真琴成　かんたん『株』講習会

―東京・赤坂〈ザ・リッツ・アールトン　カフェ&デリ〉―

時刻は10時30分。

ビルを出たオレと環《たまき》は、今後の方針を決めるために近くのカフェに立ち寄った。

ちなみに大島《おおしま》兄妹は仕事があるとかでハイヤーに乗って去っていった。まったく、やっと小煩《うるさ》い連中《ガヤ》が消えてくれて清々したわ。

「成《せい》くん成くん、ここ、すっごい高級なお店じゃないかい……？」

最奥のソファ席で、隣に座っていた環がそんなことを言い始める。

「そーか？　言うてドレスコードもねー普通のカフェだろ？」

「だってお水がレモンの味するし、おしぼりはすっごいいい香りだし、普通のケーキセットが2000円とかするよ……！」

前山《まえやま》さんちの島レモンケーキ3個分！　とかなんとか、メニューを手にわなわな震《ふる》えている。

ああ、そういや貯金ゼロだの節約がどうだの言ってたっけか。さっきのタクシー代も貯金箱から引っ張り出したなけなしの金、って感じに小銭じゃらじゃら渡されたしな……。

「しゃーねーな、ここはオレが出す」

「えっ」

「数千円程度、大した負担でもねー。どうせ経費だ」

「おおー、すごい……！　やっぱりめっちゃ社長だ……！」

めっちゃ社長って、どんな比喩だよ。

とりあえずオレはブレンドを注文し、環はしばらくうんうんと悩んだ末、結局ケーキセットを頼んだ。

高級かどうかはさておき、店内はチェーンのカフェとはまた違った、静かで落ち着いた雰囲気に包まれている。モーニングには遅くランチには早い時間なこともあって客足は多くなく、併設のホテルに滞在中らしい海外の旅行客や、資料を広げた営業《そとまわり》らしき人影がちらほらと見えるくらいだった。

「でもさ、ほんとによかったのかい……？」

ふと、遠慮がちな声を出す環。

「あ？　大した負担じゃねーって言ってるだろ」

「ううん、そっちじゃなくて……ミーと契約してくれる、っていうの」

環《たまき》は申し訳なさそうな顔でこちらを上目がちに見る。

「だって成《せい》くん、ほんとにすごい人なんだよね？　ミーが無知なだけで、１０００億円とかいう値段になっちゃうくらいめっちゃすっごいビジネスパーソンなんだよね？」

「なんだよ、突然。そりゃあくまでＷＢＦの評価だろーが」

「なのに、ホントにミーのサポートとかしてていいのかな、って。ぜったいいっぱい失敗しちゃうし、たくさん迷惑かけちゃうと思うし、そのうち爆発しちゃうかもしれないし……」

しゅん、と肩を落とす環。

……急にしおらしいな、オイ。宇室《うむろ》の言ったことでも気にしてんのか？

「ハン。出会って早々オトモダチ押し付けてきたヤツとは思えねー謙虚さだな。んなの今更気にするようなコトかよ」

「ううん、友達だからこそ、おんぶに抱っこじゃダメ、って思う」

顔を上げ、真っ向からオレの目を見て言う環。

ったく……妙なところで律儀《りちぎ》なヤツだ。

オレは「はぁ……」とため息を吐《つ》いて、真面目《まじめ》なトーンで言う。

「……あのな。さっきも言ったが、これはオレにとってもメリットのある話だ。アンタのサポートをすりゃ試験がうまくいく算段がついてるワケで、ちゃんとビジネスの大原則、双方よしの『win-win』の関係になってんだよ」

「でも――」

「それとも何か？　経営の、いわばビジネスのプロであるオレが、素人と組んだ程度で不利になるとでも？」

環は出かかった言葉をぐっと飲み込む。

「第一、タダ働きのつもりは毛頭ねーよ。アンタはオレに所定の料金を支払うクライアントで、オレは雇われたコンサル。つまりこれは、ちゃんとしたビジネスだ」

「……」

「そっちは迷惑をかけるのが仕事、オレはその迷惑に応えるのが仕事。わかったら〝お客様《かみさま》〟らしく堂々としてろ。それが一つの会社《くに》を背負う〝社長《トップ》〟ってモンだ」

その言葉に環はハッと顔を上げ、膝《ひざ》の上に置いた両手にきゅっと力を込める。

「……わかった」

環は深く頷《うなず》きながらそう言うと、しゃんと背を伸ばす。

そして、強い信頼を感じさせる目で、オレをまっすぐに見据えて。

「ぜったいぜったい出世払いするからね。ちゃんと何百倍にもしてお返しするからね！」

「……そんな暴利をふんだくるつもりはねーよ。適正価格で払ってくれりゃそれでいい」

その視線が落ち着かず、オレはふん、と鼻を鳴らして明後日《あさって》の方向を向く。

そこでちょうどウェイターがコーヒーとケーキセットを持ってきて、場の空気が霧散した。

ゆらゆら立ち上るロースト豆の香気が、心のざわめきを鎮めてゆく。

「うわぁ……！　めっちゃオシャレでおいしそう……！」

目をキラキラ輝かせ、コーヒーソーサーと一体化した皿の上のイチゴショートを眺める環《たまき》。

すっかり脳みそハッピーなノリに戻ったのを横目で確認してから、オレはコーヒーを口に運んだ。

「あっ、そーだ！」

「ん……っ？」

すると環は、急にぐいっ、とその身をよじらせて、オレの右腕に寄り添うように体を押しつけてきた。突然のことに驚いて、思わずカップを落としそうになる。

「オ、オイ!?　いったいなんのつもりだコラ……！」

「ちょっとごめんね！　せっかくだから島のみんなに写真送りたいな、って！」

言って、スマホを取り出しカメラをケーキに向ける環。どうやら、写真を撮る位置を変えたかったらしい。

イヤ、だったら先に言えよこのマイペースアホ女……！

「ちっ……！」

「あっ、待って！　もうちょっとだけ動かないでー！」

「ハァ!?」

「ブレちゃうからー！」

そう言って、さらにぎゅっと体を押しつけてくる環。

固定のため肩に乗せられた頭の重みとか、ふわふわの髪越しに見える鎖骨とか、スーツの硬い生地越しに感じる体の柔らかさとか、その手の情報が否応なしに頭に飛び込んできてパンクしそうになる。

ああクソッ、この歩くコンプラ爆弾が……っ！

オレは地蔵のように体を固め、ただただコーヒーの苦みにだけ意識を集中した。

×　×　×

「はぁー、めっちゃおいしかったぁー……島に持って帰りたいー……」

「……そりゃよかったな」

げっそりしたオレとは対照的に、ケーキをぺろりと平らげた環は、昇天一歩手前って顔で両手を合わせている。こんだけ幸せ実感してもらえたらシェフも満足だろうよ。

環《きけんぶつ》の隣からテーブルを挟んで90度の位置に座り直したオレは、気持ちを切り替えるようにごほんと咳払《せきばら》いをしてから口を開く。

「さて——それじゃ早速、作戦会議を始めんぞ」

「はい！　よろしくお願いします、先生！」

オレは〈自己株アプリ〉の全体ランキングを見ながら話し始める。

「ランキングを見た感じ、安心できる合格ラインは『時価総額100億』ってとこか……とにかくそこまで押し上げることを目標にするぞ」

「はい！　今から100倍にするとか全然イメージ湧かないけど頑張ります！」

しゅばっ、と手を上げる環《たまき》。

「で、だ。アンタ、正直なところ『株』についてどんだけ知ってる？」

「えっと……買ったり売ったりして、儲《もう》かったり損したりするヤツ？」

「まぁ、経営と縁がない一般人からすりゃそんなもんか……」

オレはふむ、と顎《あご》に手を当てながら考える。

だとしたら、とりあえず株の基礎をざっくりさらっておくか。それなりに経営を知ってる身からすりゃ当たり前の話だが、試験に関わる情報の整理にもなるしな。

「よし──じゃあ今から軽く株について講義すんぞ。全部をキッチリ覚えとく必要はねーが、なんとなく頭に入れとけ」

「大丈夫です！　よろしくお願いします！」

さて、とオレは話を切り出す。

「本来的に『株』もしくは『株式』ってのは、会社が資金調達するために発行するもんだ」

「しきんちょーたつ……お金を手に入れるため、ってこと？」

「ああ。新しく事業を始めようって時にゃ、準備に何かと金がかかるのはわかるだろ？」

例えば新しくパン屋をやるとして、オープンする前にはテナントの契約にかかる費用、調理機器の購入代やリース代、材料費、内装リフォームの費用なんかが発生するのが一般的だ。

つまり事業を始めるだけで数百、数千万単位で資金が必要になるのはザラで、それを全て自《じ》己《こ》資《し》金《きん》で賄《まかな》おうってのはハードルが高い。

「だから株を発行して『投資家』と呼ばれる連中に買ってもらい、その金で事業を進めるワケ。そうすりゃ元からの金持ち以外でもビジネスが始められるからな」

「んー、ちなみにそれって、借金とは違うのかい？」

「借金、つまり『融資』とは違って、株を売って調達した資金は原則返す必要はない。そのかわり、株を買った投資家——つまり『株主』に、配当金って形で儲けの一部を渡したり、自社サービスの優待券を送ったりして、別の形で還元するんだ」

最後のは株主優待ってヤツだな、と注釈してから続ける。

「それとは別に、株主には『会社の運営に関わる権利』を渡さなきゃならねー。これは保有する株の割合『持ち株比率』によって内容が変わってくるが、一般的に、単独で3分の1以上の株を持たれると経営に影響力を及ぼせるといわれている——まぁ要は、一人の株主にあんまり株を渡しすぎると経営者《しゃちょう》が好き勝手に会社を動かせなくなるから気をつけろ、ってこったな」

「はえー、そんな仕組みがあるんだ……」

「それが嫌なら会社運営への参加権を制限した株を発行する、って方法もあるが……まぁ、よっぽど配当金《インカムゲイン》が魅力的な会社か、株主と経営者《しゃちょう》の信頼関係があったりしねーと買ってもらえねーから、使いどころは限られる」

その分、うまく使えりゃ便利なんだがな。そこは経営者の資金調達テクニックの見せ所、ってヤツだ。

「そんで、株式を売り出すことで資金調達ができる法人形態を『株式会社』という。日本じゃ一番ポピュラーな会社の形になる」

「おおー！　そっか、だから株式会社っていうんだね！」

って、あれ？　と不意に首を傾《かし》げる環《たまき》。

「でもミー、会社作る時にだれにも株買ってもらってないよ？　株主さんがいないと株式会社にはならないんじゃ？」

「それはアンタの会社が、株主＝経営者《しゃちょう》の一人企業だからだ。最初に1円出したって言ってたろ？　あれはつまり『環が環の会社の株を1円で買った』ってコトとほぼイコールだ」

「あ、なるほど！　1円ってそのお金だったんだ！」

「ちなみに会社設立時に株を売り出して得た初期資金のことを『資本金』という。厳密には全部を資本金にするとも限らねーんだが、アンタの場合はその理解で十分だ」

「わかった！　じゃー、ミーの会社はいま1円持ってるんだね！　……え、1円しか持ってないのかい!?」

「だから木っ端だってずっと言ってんだろ」

1円じゃ何もできないー！　と頭を抱える環。

業務実績も何もない資本金1円の企業なんてのは、ただの書類上だけの会社《ペーパーカンパニー》と見られても仕方がない。宇室《うむろ》に『学生のお遊び』と馬鹿にされるのも当たり前だな。

「じゃあミーの会社どうしようもなくないかい!?　早くも倒産!?」

「いや、後から資本金を増やす『増資』って方法がある。新しく株式を発行して投資家に買い取ってもらう、ってやり方だ」

「おおっ、よかった！　始まる前に終わってたのかと思ったよー！」

他にも銀行から融資を得る方法なんかもあるが、それには業務実績なり経営資料なりが必須だ。今の環が行ったところで門前払いをくらうのがオチだろう。

「ちなみに、発行した株は直接投資家に買ってもらうか、ベンチャーキャピタル《VC》という新興《ベンチャー》企業専門の投資会社に買ってもらうのが基本になる。だが、もっと事業を大きく拡大したい、より大量に資金を集めたい、って時には『株式市場《マーケット》』に株を売り出し、世界中の投資家から広く浅く資金調達をできるようにする。それを『株式上場』っつって、有名な市場は東証プライム——昔の東証一部、ってトコだ」

「あっ、もしかして一部上場ってやつかい？　なんで全部上場しないんだろって思ってた！」

「お決まりのボケだな……まぁプライムになった以上、もう使われることもねーだろが」

オレは「フゥ」と一度息を吐き、話を区切る。

「――ざっとここまでが『株』に関する説明だ。だいぶ端折《はしょ》って話してっから、ちょいちょい正確じゃないところはある。ちゃんと知りたきゃ自分で調べろ」

「らじゃー！　なんとなくわかったかも！」

びしっ、と敬礼のポーズを取る環《たまき》。

意外にあっさり理解したな。アホではあるが、バカじゃねーみてーだ。

オレは話を再開する前に、コーヒーを一口飲む。ハーブのような香りと重厚な苦みが心地よく喉を潤してくれた。

にしても、なかなかいい豆使ってんな……時期的にマンデリンがベースか？　見たトコ紅茶の方が推しの店みてーだが、なかなかどうして、いい味出してるじゃねーか。

「さて――そんならここからが本題だ。試験の話に移るぞ」

「はい！」

「まず試験の名称に〈自己株比較〉と銘打っている点。そんで『〈自己株〉は擬似的な株式市場《マーケット》に上場済み』って前提を鑑みるに、〈自己株〉もまた、通常の上場株と似たような性質のモンと考えていいだろう」

オレは環を見て問いを投げる。

「で、だ。上場株の株価ってのは、いったいどうやって決まると思う？」

「えっ？　自分で決められるんじゃないのかい……？」

「非上場株ならそれで合ってるが、株式市場に上場した場合は『市場原理』によって決まる」

「出たっ、しじょーげんり……！」

しゅばっ、と両手を構え戦闘態勢に入る環。市場と素手で戦うってのはなかなか斬新だな。

『市場原理』ってのは、現在価格の妥当性なり、需給バランスなりを見て市場が自動的に価格を調整する仕組みのことだ。経済学じゃ、神の見えざる手、なんて言ったりもするな」

「う、ううん……？　市場が勝手に調整……？」

「例えばだ」

オレは胸ポケットから万年筆を取り出してテーブルに置く。

「この万年筆を株とする。アンタは前からこの万年筆が欲しいと思っていて、そんでこれが100万円で市場に売りに出されていたとしよう」

「お、おおぅ。めっちゃ高級品……」

「そう思うなら、この価格じゃ買わねーよな。なら、もし10万円に値下げされたらどうする？」

「う、うーん、それでも高いけど……ブランドものとかだったらワンチャン？」

「モンブレンのマイスターシュテュック149だ。ペン先は18金」

「な、なんかすごそう……！」

「さらに言えば、元値は13万」

「あっ、ならお得感ある！　欲しいかも！」

「だが残念、アンタの他に15万で売ってくれって言ってるヤツが現れた。なぜならこの万年筆、実は限定モデルで世界に１０００本しかなく、プレミアがついてるからだ。中古価格もこれからどんどん上がる見込みがある」

「ええっ？　じゃ、じゃあ、16万円で買った！」

「……と、まぁそれが市場原理だ」

きょとん、とした顔の環《たまき》。

「アンタは今、価格、ブランド、希少性なんかを総合的にみて『どのくらいの値段ならオトク感があるか』で買うか決めたろ？　それと同じことが株式市場でも起こるっつーこと」

「……あっ、そっか！」

得心がいった、という風に手を叩《たた》く環。

オレはペンを胸ポケットに戻してから続ける。

「『この株の価格は割高か割安か』『株主優待などの付加価値はあるか』『企業の業績はよさそうか』――なんて風に、投資家たちは株の〝価値〟について常に考えながら『この価格で買えば得になりそうだ』って判断した時に購入を決意するわけだ」

「おお……！」

「そうやって売買が成立した価格のことを『株価』と呼ぶ。それを複数の投資家がリアルタイムかつ同時にやってるから、あたかも自動的に価格が変動して見える、ってことだな」

「そっか……！　だから株価ってグラフみたいになるんだね！　常に価格が変わるから！」

「察しがいいじゃねーか。そういうことだ」

深く頷《うなず》いてから、オレはまとめに入ることにした。

「そしてそれは〈自己株市場〉でも同じ。〈自己株〉は、常に試験官《とうしか》たちによって株価を評価され、『この〈自己株〉は高すぎる。今の価格じゃいらない』と思われれば株価が下がり、『この〈自己株〉は伸び代があるから、今より高値でも欲しい』と思われれば株価が上がる」

「うんうん……！」

「そして〈自己株〉の〝価値〟とは、オレたち自身の〝価値〟であると明言されている」

つまり――。

この試験の攻略の鍵は。

「いかにして試験官《とうしか》に〈自己株〉の〝価値〟を高く評価させるか――。

すなわち『自分の〝価値〟をどれだけ高めることができるか』が鍵ってことになるな」

環《たまき》は目をキラキラと輝かせて感嘆の息を漏らす。

「成《せい》くん……！　めっちゃすごいっ！」

「フン……この程度で喜ばれてもな」

「ううん、全然この程度なんかじゃないよ！　だってめっちゃわかりやすかった！」

ぐいっ、とテーブルに身を乗り出し始める環。

「お、おい……」

「なんにも知らない人にわかるように説明するのってすっごい大変だもん！　その人が知ってる言葉で話さなきゃだし、話の進め方とか例え話とかいっぱい工夫しなきゃだし！」

「わ、わかった、わかったってての！」

「ミーみたいなぽんこつにもスッと入るようにお話しできるの、ほんとにすごいと思う！　がちで!!　めっちゃ!!!!」

「ああクソっ、グイグイ寄ってくんなっ！」

あとその格好であんま前屈みになるなよ、アホっ。

目と鼻の先まで接近してきた環を制し、オレは「はぁー」と大きく息を吐く。

ちっ……なんて感動閾値《いきち》の低いヤツだ。酔っ払いのウンチクにさえ身を震《ふる》わせて喝采《かっさい》しそうだな、オイ。

オレは鼻を擦《こす》ってからコーヒーカップを手に取り、その苦みで気を散らす……イヤ、別に嬉しいとかじゃねーから。こんなショボいことで褒《ほ》めちぎられるのが落ち着かねーだけだから。

環はやる気充填《じゅうてん》完了、って感じにムフーと息を吐く。

「よーし、じゃー頑張ってミーの〝価値〟を高めるぞー！　……って、あれ？　そもそもミーの〝価値〟ってどうすれば上がるのかい……？」

「……そう、この試験の肝はそこだ」

オレは空になったカップを、かちゃりとソーサーに置いてから言う。

「そもそも『自分の〝価値〟とは何か？』の定義が明らかにされてねー。経営する会社の業績のことなのか、それともビジネスパーソンとしての能力のことなのか、はたまた個人資産の額なのか――そこがハッキリしねーと、何を頑張りゃいいのかがわからない」

にもかかわらず、とオレは付け加える。

「説明会では質疑応答が許されなかった。それはつまり『自分で考えろ』って言ってるのに等しい」

「お、おおう……！」

「つまりはこの試験、『自分の〝価値〟とは何かの仮説を立て、検証する能力』をも問われていると見ていいだろうな。仮説検証ってのは、まさしくビジネスで最も必要とされる力だ」

定められたルールの中で工夫し勝利する力、言い換えれば『試合《ゲーム》を上手にこなす能力』がどれだけ優れていたとしても、そんなものは実際のビジネスシーンでは役に立たない。

隠れた法則《ルール》を読み解き検証し、時には自ら定義して実行する力こそ、現実《リアル》において最も求められる能力《スキル》。まさしく『〝世界《ルール》〟の変革』を謳《うた》うWBFならではの試験形態だろう。

環《たまき》は腕を組んで考える素振りを見せる。

「うーんうーん……株価に関係しそうな〝価値〟かぁ……これまでどれくらいお仕事を頑張ってきたか、とか？」

「ああ、それはあるだろうな。ビジネス初心者のアンタの価値が1億で、オレが1000億ってことを比較して考えりゃ妥当なとこだ」

当たり前といえば当たり前だが、今までビジネスパーソンとして結果を出してきた候補生ほど〝価値〟が高いと見做《みな》されてるんだろう。それが金額に反映されてると見ると、だいたい納得のいく値付けになっている。

ふと環がハッとした顔になって言う。

「で、でもそれじゃさ。ミーが今から成《せい》くんたちに追いつくの、めっちゃ難しくないかい？」

「いや、そうとも限らねー。最初から合格の余地ナシってんなら、そもそも説明会に呼ぶ意味がねーだろ」

「あ、そっか……」

過去実績はあくまでスタートが優遇されるという、トーナメント戦におけるシード権みたいなものだろう。これが試験である以上は、どれだけ下位でも合格の可能性は残されているはず。

逆にいえば、どれだけ上位だったとしても落ちることはある。だからこそ合格圏にいるオレも大島《おおしま》兄妹も早々に行動に出たワケだからな。

「順当に考えりゃ〝価値〟として認められそうなのは『試験期間中に作る新しいビジネスの実績』だ。これまでの成果が評価されるのなら、これからの成果も評価されるのは道理だろ」

方法としては一番の正攻法であり、既にビジネスの基盤がしっかりしてるランキング上位陣ほどこのやり方で攻めてくるはずだ。陸《りく》と京《きょう》はそのつもりだろう。

「さらにいえば『予想外の実績』であればあるほど効果が高いと見てる。そうすりゃ大企業の経営者にはマイナス補正がかかるし、中小零細企業には強いプラス補正がかかって、元々の企業規模の差を平均化できるからな」

「うーんと、おっきい会社だと『そのくらいできて当たり前だよねー』ってなりやすくって、ちっさい会社だと『そんなことできるなんてすごい！』ってなりやすい、って感じかい？」

「その通りだ」

新興ベンチャーの代表格というと宇室《うむろ》だが、おそらくは、この性質を踏まえて新事業の発表というカードを切ることにしたんだろう。戦術としては実に的を射ている。

「そう考えりゃ、アンタは相当条件に恵まれてるかもな……零細《木っ端》企業の中の零細《木っ端》企業だから何をやってもプラスにしかなんねーし」

「おおっ！　やったー！」

「コラ、ぬか喜びすんな」

ぴしゃりとそう断じてから、オレは腕を組む。

「そもそもアンタの場合、ビジネスの実績をつくる以前の問題だってことを忘れんな。『島興しする』って目標があるだけで、具体的になんの事業をやる会社かすら定まってねーんだ。しかも会社の財布にゃ1円だけだぞ？　それでできるビジネスってのはいったいなんだ？」

「うっ、ごめんなさい……」

しゅん、と身を縮こまらせる環《たまき》。

「今から手を打とうにも明らかに時間が足りてねー。だからアンタの場合、島興し《ビジネス》以外のアプローチで戦うしかねーよ」

「そ、それで、どうにかできる方法があるのかい……？」

「そうだな──」

オレは背もたれに身を預け、しばし黙考する。

──1カ月半という短い試験期間。

〈自己株〉という『株』をテーマにした試験内容。『株』に関わる要素で、最も有効活用できそうな仕組み。

環の能力、その特性。それを最大に活かせる場と状況。

ライバルたちの動向。宇室《うむろ》という敵対者の存在。

それらの材料《もの》を総合して、最も効果的な戦略《アプローチ》は——。

「ミー、やれることがあるならなんでもやるよっ！　ちょっとでも可能性があることなら、教えてほしいっ！」

両拳をぐっと握り、力強く宣言する環。

その言葉を聞いて、オレは一つのプランに思い至った。

「——アンタに使えそうなモンは、やはりソレか」

そう、オレの時と同じように——。

〝友達〟を売って〝価値《カネ》〟に換える。

「ソレ、って……？」

小首を傾《かし》げる環をよそに、オレはスマホを取り出す。

「アンタ『なんでもやる』って言ったよな？」

「えっ……あっ、はい！」

オレは頷《うなず》いてからスマホを操作し、とある連絡先に電話をかけた。

プルルル、プルルルと流れるコール音を聞きながら、オレは呟《つぶや》く。

「経験もない、知識《ノウハウ》もない。それでもビジネスを始めたいって時は、何を使えばいいと思う？」

「何を……？」

ガチャリ、と電話が繋《つな》がる直前。

「答えはシンプル。時間《からだ》を使え、だ」

「……はぇ？」

2 Side：真琴成 歓楽街の主

―東京・六本木〈東京メトロ日比谷線・六本木駅前〉―


翌日、14時45分。

オレは15時からの面接に備え、改札前で環《たまき》を待っていた。

「お待たせー！　ごめん、別の改札から出たら迷っちゃったー！」

しばらくして、手を振りながら小走りでやってくる環の姿に目に入る。

その格好は、花柄のワンピースに白いアウターを羽織り、胸元には太陽をあしらったペンダントをつけている。年相応の、ナチュラルでかわいい系のファッションという印象だ。

オレの品定めするような視線に気づいたのか、環が若干恥ずかしそうに言う。

「えっと、こんな格好で大丈夫だったかい……？　ミー、ブランドものとか持ってなくて……」

「いや、ＴＰＯに合ってりゃ十分だ。じゃあ行くぞ」

そう答え、オレは目的地に向け歩き始める。少し遅れて、環もとことこ隣にやってきた。

「成《せい》くんは今日もスーツなんだね！　でも昨日とちょっとだけ違う？」

「フルオーダーだからな。同じメーカーのモノではあるが、微妙に違いは出るだろうさ」

とはいえ同時に仕立てたモンだし、普通なら絶対違いになんて気づかねーけどな。そこは流石《さすが》の〝目〟の良さ、ってとこか。

「成くん、背は高いし細身だし、スーツすっごい似合うよね！　なんかめっちゃ大人っぽく見える！」

「ビジネスじゃ若いってだけで舐《な》められる。コストはかかるが、それなりのモン身につけとくと厄除《やくよ》けに便利なんだよ」

特に時計なんてのは最たるもんだ。とりあえずデイロナでも着けときゃ、滅多なコトじゃ舐《な》められはしない。

環《たまき》は「なるほど、そーいう感じなんだ！」と、スマホでメモらしきものを取っている。わざわざメモることかと思わなくもねーが、その心意気はよし。

「でも成《せい》くんの私服姿も見てみたいなー！　どんな格好が好きなのかい？」

「ハ。ここんとこ私服なんざ着た試しがねー」

「えっ？　じゃあお休みの日は？」

「固定の休みなんざねーよ」

オレはしれっと答えた。

「だいたい何かしら仕事が入ってたり、なくても飛び込みで対応しなきゃなんねーことがしょっちゅうだしな。丸一日、なんの仕事もしねー日なんてのはここ数年記憶にない」

ウチの会社は色々特殊で、税務、法律、金融証券など、各分野の専門家である個人事業主《フリーランス》がチームを組んで運営するタイプの業態をとっている。

なので社員らしい社員は事務方数人しかおらず、コンサル業務は実質オレ一人で回している状況だった。

環は「はぇー」と驚いたように目を瞬《またた》かせながら言う。

「でもそういうの、ろーどーきじゅんほーとかで怒られるんじゃないのかい？」

「労働基準法はあくまで労働者《しやいん》を守る法律だ。経営者は基本無関係だから、残業だの休日出勤だのって概念もないワケ」

オレはハン、と口角を吊り上げて笑う。

「24時間365日、ずっと仕事仕事でも何一つ文句言えねーのが『社長業』ってヤツだ。カラオケだの遊園地だの、学生っぽい遊びをしてる余裕なんてねーぞ。どうだ、嬉しくて涙が出るだろ？」

「じゃあ成くん、めっちゃお仕事が好きなんだね！」

「……皮肉が通じねーヤツだな。今の流れでなんでそうなった」

「だって、お仕事が楽しいから休まなくても全然平気、ってことなんじゃないのかい？」

「…………」

ったく……いちいちやりにくいヤツ。

オレは鼻を擦《こす》りながら「さてな」とあいまいに答え、それきり黙った。

×　　×　　×

――駅から徒歩5分。

メインストリートから横道に入り、さらにもう一本、住宅街に向かう路地に足を踏み入れる。

車が入れるギリギリの道に面した、小さな商業ビルの横手に、ひっそりと地下に向かう階段が存在していた。看板や案内の類《たぐ》いはどこにもないが、目的地はその先だ。

「さて、着いたぞ。準備はいいかよ？」

「ばっちり！」

ふんす、と息を吐きながら両拳を握り占める環《たまき》。

まったくお気楽なヤツだ。あの面接官を前にして同じ態度でいられりゃいーけどな。

そんなことを思いながら、オレは建物と平行にコンクリート製の階段を下りていく。

一度だけ折り返してたどり着いた玄関ポーチで、やっと〈六本木 Garden〉と書かれたメタル製の表札が現れた。陽の光がほとんど届かず、ぼんやりと闇に浮かぶよう照らされたその場所は、まさしく都会の隠れ家といった風情だ。


—東京・六本木〈六本木 Garden〉—


「うわっ……！」

店内に足を踏み入れるなり、環が驚きの声をあげる。

大理石の床。黒を基調としたシックなバーカウンター。通路の奥に、ゆったりとした間隔でブース区切りに並べられた本革のソファとテーブル。

間接照明でぼんやり照らされた店内の、コンクリートの壁をくり貫いて作られた酒棚には、高級ブランデーがいくつも立ち並んでいる。見る人が見れば、そこにあるものだけで家が立つことに気づくだろう。

開店時間前だから人気《ひとけ》はなく、店内はシンと静謐《せいひつ》な空気が漂っていた。

「わーすっごい……！　なんだか海外の高級ホテルみたいだ……！」

「ここらじゃ一番の高級店だからな」

中庭っぽいとこまであるー！　と、入り口近くを見て回る環をよそに、オレは一足先に中へと進んでいく。

さて、鍵が開いてた以上、もういるはずだが――。


「――あら、来たわね。成《せい》ちゃん」


ドスの効いた野太い声。

声のした方を向くと、最奥のＶＩＰブースの中にいた人物が手を上げたのが見え、軽く会釈をして返した。

「突然連絡して悪かった、徳永《とくなが》社長」

「もう、水臭いわね。〈銀ちゃんママ〉って呼んで、っていつも言ってるじゃない」

パチンとウインクを飛ばしてくるのは、重厚なダブルスーツを着込み、髭面《ひげづら》に禿頭《とくとう》、シルバーのサングラスをかけた、おおよそカタギには見えない風体の大男。

西麻布・六本木を中心に、数多《あまた》のバー・サロンなどのオーナーを務めてきた歓楽街の主。

自称銀ちゃんママこと〈徳永銀次《とくながぎんじ》〉社長である。

オレはＶＩＰブースへと入り、ビジネスバッグを下ろす。

「成《せい》ちゃんってば、最近全然顔を出してくれないんだもの。そろそろ東京湾に沈めちゃおうかしら、って思ってたところよ」

「そのナリで言うと冗談に聞こえねーからやめろっつの……」

「ホホホ。まぁ最初のヨソヨソしい口調に戻ってないだけよしとするわ」

そう言って、ニカッと白い歯を見せて笑った。

――徳永社長はオレが抱えるお得意様《クライアント》の一人。数年前、店舗整理の資金調達をサポートしてほしいと依頼を受けた時からの付き合いだ。

その時に業界的に難しいといわれている銀行融資をもぎ取って渡したらいたく信頼されてしまい、以来、顧問としてちょくちょく訪れては経営のアドバイスをしている関係だった。

オレとしても、多様な業界ネタが集まる夜の街の情報源は貴重であり、特に経営層にフォーカスしたビジネスを展開している徳永社長との経営戦略的な親和性は高い。お互い得るものが多いwin-winの関係として、ここまで良好な関係を築いてきたというわけだ。

ちなみにこんなナリだが元は老舗酒蔵の次男坊であり、決してアブナイ世界の人とかではないので念のため。

社長はちらり、とオレの後方へ目をやる。

「それで、あの子？　なかなかの逸材だって子は」

「ああ」

オレは振り返って、壁一面に立ち並ぶ酒瓶を眺めていた環《たまき》を手招きする。

「オイ環。挨拶《あいさつ》しろ」

「あっ、はい！」

たかたかこちらにやってきて、オレの横でぴしりと背を伸ばして立つ。

オレはあご髭を撫《な》でながら環を見やる徳永社長に手の平を向ける。

「こちら、この店のオーナー、徳永銀次社長」

「はい！　初めまして！」

「つまり、アンタの雇用主になる人だ」

——今の環が、自分の体一つ《チカラ》でできること。

それはここ、高級会員制ラウンジ〈六本木 Garden〉で店員《キャスト》として働きながら——。

富裕層の〝友達《コネ》〟を作ることだ。

× × ×

——話は昨日のカフェまで遡《さかのぼ》る。

「ねーねー、『会員制ラウンジ』ってなんだい?」

説明の途中、ふと環《たまき》がそう尋ねてきた。

「ざっくり言や、客と店員が酒を飲みながら会話を楽しむ店、って感じか。クラブとかスナックって知らねーか?」

「スナック! トミ子ママのお店行ったことあるよ!」

島で唯一カラオケできるところなの! と環。

「あれ、でもお酒を飲むのもお仕事なのかい? ミーまだ18だよ?」

「いや、流石《さすが》に20歳以下にゃ店も客も飲ませねーよ。それに売り上げノルマがないってのも会員制ラウンジの特徴だからな。無理に高いボトルを入れさせる必要もねー」

他のナイトワーク系の店と比べ、店員《キャスト》の接待サービスが強制じゃなかったり、アフターや同伴の必要がなかったりと、大学生やダブルワーカーが働きやすい部類の業態だ。

歩合が少ない分、一晩でウン千万とかバカみたく稼げるわけじゃないが、代わりに諸々の制約が緩《ゆる》くまったり働けるという感じだろうか。

「特に〈六本木 Garden〉はエリア一の優良店だ。法律周り《コンプラ》はキッチリしてるし、オーナーもマトモだからその辺の心配はない。でなきゃ銀行から金は引っ張れねーしな」

「はぇー、なるほど！　めっちゃいいお店なんだね！」

「客の質もいいからな、あそこは」

会員制ラウンジの利用客は比較的年齢層が高く、かつ起業家、経営者などの富裕層が多いといわれている。

さらにその中でも上澄みをターゲットとして営業しているのが〈六本木 Garden〉だった。

「なんせ店の会員条件は個人資産１００億超えの大富豪オンリー。既会員からの紹介がなけりゃ場所すら教えてもらえねーし、ネットに情報も一切載せてない。この時代に珍しい完全プライベート空間だ」

「おおぅ……！　なんか知る人ぞ知る秘密基地って感じ！」

「社会的に立場があったり顔が知られてる人間ってのは、人目を気にせず落ち着ける場所が少ねーからな。金は腐るほどある、でも自由がない、って面々がそういうところに集まるのさ」

街を歩けばＳＮＳに晒《さら》されるこのご時世、有名人はどこで何をしていても注目される。余計な気遣いをすることなく、世間の目から離れて酒が飲める場所のニーズは大きいのだ。

それに、情報が表に出にくいのはオレたちとしてもメリットがある。なんせ、元暴露系ライバーの宇室《ライバル》がいるんだからな。

ヤツにとって情報収集は得意分野だろうし、こちらの動きを察知されないように対策するのは必須《マスト》と言ってよかった。

「それで、アンタにはしばらくバイトとしてその店で働いてもらいたい。目的は――あぁいや、それはいいか」

「うん？　お金稼ぎのためじゃないのかい？」

「それもなくはないが、メインじゃない。ただまぁ、アンタはいつも通りのノリで働いてくれりゃそれで構わねー。もし具体的な指示があればそのつど伝えるようにする」

「？」

首を傾《かし》げる環《たまき》。

……環には具体的な目的まで伝えない方がいいだろう。

富裕層ってのは基本的に警戒心が強い。何か腹に抱えているヤツにはすぐに勘付く。コイツの性格を考えりゃ嘘《うそ》や隠し事の類《たぐ》いができると思えねーし、むしろ何も考えずフリーで動いてもらった方がよさが出る。

どうせほっといても勝手に〝友達〟を増やそうとするだろーし、それを〝価値《カネ》〟と結びつける仕事はこっちで巻き取ってやりゃいいだけの話だ。

オレは「それと、だ」と多少語気を硬くして続ける。

「店は基本的に秘密厳守だ。仮に客との間でトラブルがあったとしても、よほどじゃなけりゃ表に出ることはねー。すぐに情報が漏れちまうようじゃ、そこらの店で飲んでるのと変わんねーからな」

銀座の高級クラブなんかでもそうだが、情報が公にならないという信用があってこそ、客は安心して酒が飲める。

無論、度を過ぎた問題にはしかるべき対処がなされるし、客層と店の質もあってトラブルの発生率は低いことはわかっているが、どこまでいっても酒の席である以上、何かしらのトラブルに巻き込まれる確率はゼロじゃない。

「さらに言えば、どれだけ内情がクリーンでも世間の印象は『水商売』だ。業界に対する偏見は未だに根強いし、働く人間に対しても穿《うが》った目で見るヤツがいるかもしれねー」

オレは真面目《まじめ》な口調のまま環に問う。

「メリットも大きいが、リスクもある。それを踏まえた上で、最後にもう一度尋ねるぞ――それでもアンタは『オレの戦略《プラン》に則《のっと》って頑張る』ってことで、いいんだな？」

その問いに、環はぎゅっと拳を握り、姿勢を正して椅子に座り直す。

そして――。

「――もちろんやります！　ミーにできることなら、なんでも！」

どん、と力強く胸を叩《たた》き、毅然とした態度で。

やはりオレの目を真正面から見据えて、ハッキリと答えた。


——よし。

やっぱり、根性は一級品だ。


「なら決まりだ。明日の15時に面接のアポを取ってる。六本木駅の改札前で集合してから一緒に行くぞ」

「らじゃーです！」

ぴしっ、と敬礼する環《たまき》。

これで基本戦略は決まった。オレはオレで、必要な仕事をするとしよう。

環に危《き》惧《やく》だけリスクを背負わせるワケにゃいかねーからな。

「それからね」

……と。

そこでふと、環が口を開いたかと思えば。

「ミーはさ。成《せい》くんがやれって言うことなら、どんなことだって頑張る覚悟だよ？」

「……ハ。あのな、全部人任せってのは経営者《しゃちょう》としちゃ——」

「だって成くんは、絶対にミーにとっていちばんいい方法を考えてくれてるはずだもん」

「──」

「だから、ぜんぜん遠慮とかしなくて大丈夫！　全面的に信じてます！」

そう言って、にこり、と無邪気な笑みを浮かべた。

……チ。

なんでこう、会ったばっかの他人《オレ》をそこまで信用できるのかね……このアホは。

「ハン……妄信した結果、痛い目みなきゃいーけどな」

「痛いだけならめっちゃ耐えるから平気です！」

笑顔のままそう断言する環から目を逸《そ》らし、オレは鼻を擦《こす》る。

それから緩《ゆる》んだネクタイを締め直し、気合いを入れ直した。

×　　×　　×

「──ふーん、アナタが成ちゃんのオススメね。それにしちゃ芋くさい子だこと」

徳永《とくなが》社長はサングラスをくいっと持ち上げ、正面に立つ環の目をジロリと覗《のぞ》き込む。ナイフのように切れ長の瞳は刺々《とげとげ》しくギラついていて、視線だけで人を殺せそうなほどだ。

どう見てもヤカラがガン飛ばしている時のソレだが、ちゃんと一般人なので念のため。

「ごしょーかいにあずかりました、環伊那《たまきいな》です！　小笠原諸島出身の18歳で、好きなものは島のもの全部、嫌いなものは特にありません！」

そんな徳永《とくなが》社長に対して、なんらいつもと変わらず元気に挨拶《あいさつ》する環。

「アナタ個人の趣味嗜好《しこう》なんてどうでもいいわ。それで、接客の経験はあるのかしら？」

「えっと、近所の喫茶店のお手伝いくらいなら！」

「アタシはナイトワークの経験を聞いてるの。そんなこともわからない？」

「あ、すいません！　それはないです！」

「ああ、早くも減点ね。文脈を察して受け答えできないようなおバカじゃ、とてもウチのお客様《ゲスト》のお相手なんてできないわ」

「ごめんなさい！　でも、次は間違えないようにします！」

ハキハキ答える環と対照的に、始終刺々《とげとげ》しい態度で接する徳永社長。

……社長のいつ、も、の、ヤツだな。

オレは少し離れた場所で、黙って二人のやりとりを見守ることにする。

それからしばらく採用面接的な応対が繰り返され、そのたび徳永社長は「立ち振る舞いに品がない」だの「知能が低い」だの「ブス」だの散々な物言いで環をこき下ろす。

だが環は一切怯《ひる》むことなく返事を返し、わからない時は「わかりません！」と、間違えた時は「ごめんなさい！」と素直に受け答えをしている。

そうしてしばらくが経った後、徳永社長は呆《あき》れたように口を開いた。

「……なかなか肝が据わってるわね、アナタ。初対面でアタシから一度も目を逸《そ》らさなかった子は、成《せい》ちゃん入れて二人目よ」

「ありがとうございます！　でも全然へっちゃらです！」

「成ちゃんの知り合いだからって舐《な》められてるのかしら？　言っとくけど、アタシは気に入らなきゃ平気でエンコ詰めさせるわよ」

サラリととんでもないことを言い出す徳永社長。だから冗談に聞こえないんだっつーの、アンタのそういう発言は……。

環は「エンコ？」とか首を傾《かし》げていたが、やはり怯むことなく自然体のまま続ける。

「えっと、舐めてないです！　ただ、このお仕事にめっちゃプライドを持ってる人なんだな、ってことはすごく伝わったので、こっちも真剣にやらなきゃって思ってました！」

「……あら。なんでそう思ったのかしら？」

ぴくり、社長は一瞬止まってから言葉を紡《つむ》ぐ。

環はあっけらかんとした調子で続ける。

「なんとなくですけど、しっとり暗くて落ち着いた雰囲気の内装とか、花瓶とかお酒の瓶にホコリ一つついてないところとか、社長のどっしりブレない振る舞いとか……なんだか全部がすっごく筋が通ってるように見えて」

「ふぅん……」

「お客さんに最高のおもてなしをしたい、ゆっくり寛《くつろ》いでもらいたい、って感じがビシビシ伝わってきたっていうか。厳しい面接も、店員として雇う人がどんなキツい時でもお客さんに迷惑かけないか見たいのかなぁ、って」

「……」

「それってつまり、めっちゃお仕事に真剣ってことですよね？　だからミーも誠心誠意対応しなきゃ失礼だよね、って思って。ちゃんとありのままの自分で、しっかり目を見て話すようにしてました！」

あ、それが逆に失礼だったらごめんなさい！　とぺこりと頭を下げる環《たまき》。

徳永《とくなが》社長がチラとオレの方を見たので、オレは肩を竦《すく》めるだけで答える。

社長はズレたサングラスを掛け直してから環の方へ向き直り、大きく一つ頷《うなず》いた。

「……だいたいアナタのことはわかったわ。ウチは『お客様《ゲスト》がどこよりも安心して寛げる場所作り』がモットー。そのためには接客《キャスト》の質が何よりも大事だと思っているの」

「はい！　わかります！」

「だから、成《せい》ちゃんの紹介ってだけで無条件で雇い入れるほど甘くない。しばらくはフロアスタッフとして様子を見て、ちゃんとお客様《ゲスト》のお相手ができると判断できたら接客《キャスト》として働いてもらう――それでいいわね？」

「大丈夫です！　頑張りますっ！」

「それなら今日からアナタはウチの従業員《スタッフ》よ、伊那《いな》。とりあえず奥で契約書を書いてもらって、そのあと簡単なマナー指導をするわ。帰りの時間は大丈夫ね？」

「はいっ！」

環はパッと嬉しそうに顔を輝かせ、ぺこりと頭を下げる。

「これからよろしくお願いします、徳永社長！」

「そこは銀ちゃんママにしなさい。従業員はみんなそう呼ぶわ」

「らじゃーです、銀ちゃんママ！」

一部始終を見ていたオレは、それでほっと一息つく。

なんとか、社長お決まりの圧迫面接は乗り切ったみてーだな。最後まで泣かずに乗り切れるのは5人に1人。ナメた相手にゃフル論破でメンタル追い込むくらいはすっからな……だからこそ、接客の質が担保されるワケだが。

「というわけで成ちゃん、今日はこのままウチで引き取るわ。何かあれば携帯に連絡を入れるようにするから」

「あぁ、頼んだ。他に必要な書類《モン》があればオレが用意して届けるようにする」

徳永社長は頷いて、店の一角にある事務所からスタッフを呼び寄せる。口頭で必要なことを伝えられたスタッフは、環を連れて奥へと引っ込んでいった。

二人の姿が見えなくなったのを確認したところで、徳永《とくなが》社長は「ふぅ……」と息を吐いて肩の力を抜く。

「……異様に目端が利く子ね。面《つら》の皮には自信があったんだけど、根っこを見透かされてちゃまるで意味なかったわ」

「目利きのプロから見てアイツはどうだ？」

実のところ、社長と引き合わせたのは、環《たまき》の素質の確認の意味も含んでいた。

社長は人間の表の顔も裏の顔も見える夜の世界で20年以上戦ってきた歴戦の兵《つわもの》だ。そこで培われた人間観察力に、オレは全幅の信頼を置いている。

「そうね……」

社長はあご髭《ひげ》をひと撫《な》でしてから口を開く。

「とにかく人の本質を見抜く感覚が異常に鋭いわ。見えるところから一足飛ばしで奥の奥を見抜いて、そこに一番響く言葉を虚飾なしにぶつけてくる。ピンポイントで心の芯を震《ふる》わされるカンジ」

しかも全部無意識よアレ、と呆《あき》れたように言う社長。

「それで、あの『他人《ひと》の善性しか見てないメンタリティ』でしょ？　きっと優しい人ばかりの場所でのびのび育ってきたんでしょうね……今時珍しい純度１００％の〝いい子〟だわ。接する側まで〝いい人〟じゃなきゃいけなくなるような、ね」

「……やっぱり相当なタマか。他人を自分のペースに巻き込む感じの」

「巻き込む、じゃないわね」

社長は、かちゃり、とサングラスを掛け直し。

「他人を自分のペースに飲み込む天才。天性の人たらしよ」

……なるほど、な。

やっぱり、オレの直感は間違っていなかったようだ。

「……で、仕事にゃ使えそうかよ？」

「可能性《ポテンシャル》はあるわね。ハマるところにハメてやればすごいことになりそう。ただ色々と危なっかしいから、きちんと教育する必要はありそうだけど」

「好きに使ってくれ。根性だけはあるようだからな」

「フフ……久々に面白そうじゃない。このアタシが直々《じきじき》に叩《たた》き込んでやるわ」

ニヤァ……と口角を吊り上げて笑う社長。

まるで悪役のボスにしか見えねーが、人材育成に関しちゃ業界随一なので、任せておけばよきようにしてくれるだろう。

「じゃあ約束通り、今日から1カ月間頼む」

「ええ、預かるわ」

「報酬《おん》はまた別の形で返す。なんかあったら言ってくれ」

「あら、それなら新しい不動産《ハコ》が欲しいわね？　最近設備の老朽化が目立ち始めてるし、近くに商業ビルができちゃったせいで人通りも増えてきたから、もっと静かな場所に移転したいの」

「……随分たけー報酬だな、オイ。そもそも資金はあんのかよ？」

「やーね、そこのツテの紹介も含めてよ、モチロン☆」

「金輪際アンタに借りは作らねーことに決めたわ、この商売人め」

ホホホ、と笑う徳永《とくなが》社長にため息で返して、オレはＶＩＰブースを出る。

ったく、不動産はまだしも資金源はな……いまんとこ店の収益は黒字《プラス》だが、また銀行から引っ張ってこれるほどいいってわけでもねーんだよな……。

「そうそう、成《せい》ちゃん」

と、出口に差し掛かったところでそう後ろから社長の声が届き、振り返る。

「そういえば、ＷＢＦに乗り込むことにしたんですって？　これもその活動の一環かしら？」

「……相変わらず耳がはえーな。だが悪い、ノーコメントだ」

選抜試験の内容については、口外を禁じられているわけじゃない。

だが株価に悪影響を及ぼす可能性《リスク》がゼロじゃない限り、なるべくならば話さない方がいいだろう。

社長も流石《さすが》に歴戦の経営者。その辺の空気感はわかってくれたようで「あら、そ」と肩を竦《すく》めるだけでそれ以上は追及しないでくれた。

「でも珍しいじゃない、アナタがそんな派手な舞台に出るなんて。10兆とかいう馬鹿げた資金でとんでもない大事業でも始めるつもりかしら？」

「……。いいや」

オレはネクタイを締め直して、再び前を向く。

「オレの〝ビジネス《たちいち》〟はどこまでいってもコンサル《サポート》だよ。だから――もし何かをするとしたら、それはきっと、オレの〝ビジネスパートナー〟だな」

そうとだけ言い残し、オレは店を出た。

第三章　育英生選抜試験（序盤戦）——His and Her Business Plans.

1 Interlude　宇室浩紀は〝勝ち組〟になりたい

—東京・渋谷〈Next Live,Inc. 本社オフィス・社長室〉—

「——そうだ。真琴成《まことせい》と環伊那《たまきいな》の動きを追え。必ずどこかにつけ入る隙があるはずだ」

宵闇《よいやみ》に包まれる時間。テレビスタジオを模した内装と、配管剥《む》き出しの天井がモダンな印象を与える渋谷のオフィス。

その最奥に構えるガラス張りの社長室で、宇室《うむろ》は女性秘書に矢継ぎ早に指示を出す。

「ネットは使えないと思え。その程度のことに気が配れないほど真琴成《ヤツ》は馬鹿じゃない。人と足とを使って調べろ。それと〈トーキョーゲットー〉の情報屋に協力を要請し、リーク情報を買ってこい」

「わかりました」

「あと何人か迷惑系の連中をリストアップしとけ。配信ネタに貪欲《どんよく》で、凸が得意な奴ほどいい。現役で選ぶな。外部かフリーか、もしくは退所者から探せ。最悪無関係を装えるようにな」

秘書は頷《うなず》いてから一礼し、社長室を出る。

ひとまずはこれでよし。

連中の足跡さえ見つけられれば、そこからは芋づる式で行動の意図にまで辿《たど》り着けるはず。そうすればあとは簡単だ。ビジネスは綿密に練られた戦略によって、成功すべくして成功させるもの。歯車の一つでも抜いてやれば、容易に目論見は頓挫《とんざ》する。

まして、環とかいう小物にできることなどタカが知れている。いくら真琴が〝天才〟と呼ばれるコンサルだろうと、数多《あまた》の不可能を覆《くつがえ》してきた〈成功請負人〉だろうと、ビジネスの体すら成していない零細企業を勝ち上がらせる方法など、そう多くはない。

懸念があるとすれば、こちらの新事業を知った真琴成《ヤツ》がなんらかの妨害の手を打ってくること。防御に回って受《う》けはいささか分が悪いため、ヤツが何かをする前に速やかに動くべきだろう。

宇室は窓辺に立ち、有象無象《うぞうむぞう》の人間たちが行き交う夜の渋谷を見下しながら、物思いに耽《ふけ》る。

――宇室浩紀《ひろき》はひたすら〝勝ち組〟を志向している。

なぜなら〝勝ち組〟は、多くのことを『認めさせる』ことができるからだ。

例えば、芸能人・インフルエンサーレベルの〝勝ち組〟であれば、その言葉によって流行を作り、大衆に新たな価値を『認めさせる』ことができる。常人なら許されない奇天烈《きてれつ》な行動も、傍若無人《ぼうじゃくぶじん》な振る舞いも「やはり大物は普通とは違う」と『認めさせる』ことができる。

すなわち〝勝ち組〟にさえなれば、自らが『物事の基準』になれるということだ。それはとかく意味不明なしがらみで雁字搦《がんじがら》めなこの世界において、最も幸福でいられる道と言っても過言ではないだろう。

だから彼は恥じることなく「〝勝ち組〟になりたい」と宣《のたま》い、そのためにはどんなことでもする覚悟である。

〈ライバー革命家ＵＭＵ〉を名乗って配信を始めたのも、当時最も〝勝ち組〟と考えられていたのがライバーだったから。暴露系ライバーとして活動を始めたのも、それが一番自身の特性に合っていて、一番手っ取り早く人気を得ることができると考えたからだ。

そして、その戦略的判断は功を奏し、彼は一躍業界にその名を轟《とどろ》かせることになった。

配信一つで同世代の数十、数百倍の収入を得て、街を歩けば誰もが振り返るほどの知名度を持つようになり、まさしく〝勝ち組〟と言って差し支えのない立ち位置を築いた。

築いた――かに思えた。

『所詮は暴露系ライバー。他人の不幸でメシを食う不貞の輩』
『ただ金を持ってるだけの成金。見ていて不愉快』
『なんの努力もしないで好き勝手に生きてるだけ。どうせすぐに落ちぶれる』

……馬鹿な〝負け組〟どもめが。

何一つ己で成し遂げたこともない無能が、偉そうに。

だが、どうやらそれが世間の大多数からの評価であることに疑いはなく、それではいくら金と影響力を手に入れたとしても、真の〝勝ち組〟とは言えないこともまた事実。

だから、彼は考えた。

誰もが〝勝ち組〟と認めるのは、いったいどんなヤツのことだ？

老若男女、誰もが認める、絶対的な〝勝ち組〟とはいったいどんな存在だ？

——それは〝経営者《ビジネスパーソン》〟。

身一つで会社を興し、いくつもの事業を成功させ、果てには歴史に名を残す偉業を成し遂げる〝やり手経営者〟だ。

「俺は必ずビジネスで真の〝勝ち組〟になる——それを邪魔するヤツは、決して容赦しない」

宇室《うむろ》は手段を選ばない。

手段の選り好みなんていうのは〝負け組〟がやることだ。

使えるものは全て使い、できることは全てやり、最後には、必ず〝勝つ〟。

ギラギラと光る目で暗い空を見上げ、宇室《うむろ》は不敵に笑った。

2 Side:環伊那 はじめてのビジネス

―東京・六本木〈六本木 Garden〉―


今日は4月21日、金曜日。

ミーがお店で働くようになって、早くも5日が経ちました。

「イナ、3卓に山咲《やまざき》のボトルとアイスペール！　あと7卓にアッカラン12年ストレート！」

「はいはーい、ただいまー！」

ミーはバーカウンターから注文のあったボトルとグラス、アイスペールとをお盆に載せてお客さんの卓へと向かう。

最初はちんぷんかんぷんだったお酒の名前もやっと覚えられて、フロアスタッフ用のピシッとかっこいい制服も馴染《なじ》んできた気がします。

今までほとんどバイトらしいバイトってしたことがなかったし、こうやって夜に働くなんて経験全くなかったから、毎日がとても新鮮で楽しいです！

「お待たせしましー―っとぉ！」

と、ちょっとした段差に足をかけた時、するーん、とお盆の上を滑り始めるグラスたち。

ミーは咄嗟《とっさ》にもう片方の手を伸ばしてそのスリップをパシッと止める。

「お、おおぅ、セーフ……」

いけないいけない、足元ばっかり気にしちゃってた。

でもよかった、今回はギリギリ落とさずに済んだ！　毎日お盆運びの練習頑張った甲斐があったなー！

「ちょっとイナ！　先にお客様に謝りなさいって！」

「わっ、とと、そうでした！　お客様、失礼しましたー！」

と、卓についていた先輩キャストの〈アカネ先輩〉に怒られてしまい、ミーは慌てて頭を下げる。

すると、卓にいた常連のお客さん――〈カシワギさん〉が、優しく垂れ下がった目を柔らかく細めて言う。

「はは、大丈夫大丈夫。イナちゃんこそ怪我《けが》はない？」

「あっ、はい！　それはめっちゃ大丈夫です！」

「そう、ならよかった」

皺《しわ》だらけの顔でくしゃりと笑うカシワギさん。

今日も綺麗《きれい》なアッシュグレーの髪と、もこもこさらさら生地の高級そうなジャケット姿。傍らにはステッキとハットが置かれていて、なんだか〝あしながおじさん〟って言葉がぴったりのお客さんだ。

「イナちゃん、お仕事にすごく一生懸命だもんねぇ。ちょっとの失敗は仕方ない仕方ない」

「カシワギさん優しい……！　頭のてっぺんからつま先まで全部が紳士、って感じする！めっちゃ全身紳士！」

「ははは、そうかい。お世辞でもおじさん悪い気はしないなぁ」

「ううん、ちゃんとガチです！　ミー嘘《うそ》つくのとかすっごい苦手なので！」

「はっはっは。いやぁ、イナちゃんは今どき珍しくまっすぐな子だねぇ」

照れたように頬《ほお》を掻《か》くカシワギさん。

その顔は実家の斜向《はすむ》かいに住んでるヨシミおじさんとちょっと似ていた。おじさんもミーがドジするたびに「伊那《いな》ちゃん怪我ねーか？」って心配してくれたっけ。元気してるかなぁ？　血圧のお薬ちゃんと飲んでるかなぁ？

「もう、カシワギさんは新人に優しすぎです。大衆居酒屋じゃないんだし、もっとしゃんとさせなきゃお店の格が落ちちゃう」

むっ、と眉《まゆ》を寄せながら言うアカネ先輩。

先輩はお店で一番キャスト歴が長いベテランさん。口調とか言い方とかはちょっと厳しく聞こえるけど、お店やお客さんのことを誰よりもしっかり考えてる真面目《まじめ》な人だ。

「はは、アカネちゃんもすっかり先輩だ。緊張してお酒とチェイサー間違えて飲んじゃってたりした時が懐かしいなぁ」

「ちょっ、そんな昔の話掘り返すのやめてください！」

ははは、と笑みが漏れる半個室のブースで、ミーはそろーりゆっくりボトルとグラスをテーブルに置いていく。

——とまぁこんな感じで、ちょいちょい失敗しちゃうことはあるけど、なんとかやってます。

ミーは昔から何をやってもぽんこつのへたっぴで、家じゃ料理のお手伝いしようとしてお皿割っちゃったり、洗濯物を干してる途中で竿ごと地面に落としちゃったり、学校でも給食の食缶を丸ごとひっくり返しちゃったり、体育祭のリレーで転んじゃったり——まぁとにかく、言い始めたらキリがないくらいダメダメなのだ。

でもミーの周りの人たちはみんな優しくて、いつも笑って許してくれた。迷惑ばっかりかけちゃうミーを「伊那《いな》は仕方ないなぁ」って許してくれて、手助けまでしてくれた。

ほんとにもう、みんなめっちゃありがとう、っていつも感謝してる。

そして同時に、ミーはそんなみんなの優しさに報いなきゃいけないよね、って思う。

だって、いくらダメダメだからって、全部人に任せっきりでぜんぜん頑張らないとか、それは絶対違うもん。

だからミーは、せめてみんなよりめっちゃ積極的に頑張るようにしよう、って心がけている。

何をやってもうまくできないなら、うまくできるまで頑張ればいい。人と同じようにやってダメなら人一倍頑張って、なんなら人百倍くらいやっちゃえばいい。10回やって失敗続きでも、100回くらいやれば流石《さすが》になんとかなるでしょう。

昔からガッツにだけは自信があるので、そのくらいよゆーです。

むしろミーの場合、失敗するのが当たり前すぎて、絶対無理とか不可能とか言われることでも気軽にチャレンジできちゃうのが逆に長所では？　とか思ってたりもする。

何事もポジティブに、前向きに取り組むのが一番だ。楽しく元気に頑張り続ければ、きっとそれがみんなのハッピーに繋《つな》がるはずです。

少なくとも、島じゃそれでみんなハッピーだったもんね！

「――それじゃごゆっくりどうぞ！　失礼しまーす！」

空いたグラスをお盆に載せて、ミーは意気揚々と立ち上がる。

とにもかくにも、ミーは今日も今日とて、自分のお仕事を精一杯頑張ります！

それが成《せい》くんとの約束なので、ほんとめっちゃ頑張ります！

「──っとぁっ！」

つるーん、がしゃーん！

──とかなんとか思ってた矢先に、グラスがお空を飛びました。

おおぅ……。
今度はお盆に気を取られて、足元を見てなかったです。

「イぃーナぁーっ！　あんたまたっ！」
「う、うわーん！　ごめんなさーい！」
「はっはっは、どんまいどんまい」
アカネ先輩に怒られ、お客さんたちには笑われながら、ミーは箒《ほうき》とちりとりを取りにぴゅーと事務所《バックヤード》へ向かう。

……うん。

めっちゃ頑張るのはいいとしても、周りの人に迷惑かけないように塩梅《あんばい》には気をつけなきゃだよね、っていうお話。

本当にごめんなさい。お給料から引いておいてください。ぐすん。

×　×　×

―東京・六本木〈東京メトロ日比谷線・六本木駅〉―


その日の夜中。

お仕事をちょっと早上がりさせてもらって、今は10時。

ミーはお店近くのコンビニで、成くんと待ち合わせの約束をしていた。

これから選抜試験についての会議なのだ。

「お待たせー！　ごめん、お片付けに手間取っちゃった！」

「……ん。来たか」

成《せい》くんは相変わらずピシッとアイロンの利いたスーツ姿でスマホをいじっていた。瞳と同じ真っ青なネクタイが、街の光を反射してキラキラ光ってる。

ただ今日はビジネスバッグを持ってないから、お仕事帰りじゃないのかもしれない。

もしかして、ミーのためにわざわざ出向いてきてくれたのかな？

「ありがとねっ」

「……ハ？　何が？」

「わざわざお迎えに来てくれて！」

そう笑ってお礼を言う。

ミーは思ったこと、特にお礼に関しては、なるべくその場で口に出すようにしてます。じゃないと話が流れちゃって言えなくなっちゃうかもだからね。

成くんはフンと鼻を鳴らして「別に、そっちのが効率的なだけだ」と答え、目にかかったさらさらショートの髪を鬱陶《うっとう》しげに指で避ける。その動きに合わせて、右目の涙ぼくろがちらりと見えた。

夜に会うのはこれが初めてだけど、昼間より大人っぽく見えるなぁ……。

ちょろっと聞いた話だと、成くんは同い年だけど、学年的にはひとつ上の先輩らしい。

そんなに年が近いのにこれだけ大人っぽく見えるっていうのは、たぶんいっぱい大人の世界でビジネスをしてきたからなんだろうな。

「じゃあ行くぞ」

「あ、はい！」

と、そんなことを考えてたら、成くんが歩き始めちゃった。

ミーは急いでその横に並んで、二人して六本木の街を歩き始める。

「で、仕事の方は順調かよ？」

「うん！　今日はグラス一つだけで済みました！」

「アホ、そういうのは順調って言わねーんだよ」

ハン、と口の片っぽを持ち上げて笑う成くん。

成くんは、憎まれ口っぽいことを言う時はいつもこんな顔をする。その時だけはいつも大人な成くんがなんだか年下の男の子っぽく見えて、ちょっとかわいい。

ミーはなんだか得した気分になって、ウキウキで尋ねる。

「それで、今からどこ行く？　ファミレスとか入るかい？」

「いや、金曜のこの時間はどこもうるさくてかなわねー。なるたけ話は聞かれねー方がいいし、人のいねートコへ行く」

「おー！　いいところがあるんだ！」

「すぐそこだ。歩いて10分」

言いながら、六本木通りの方へ向かって歩く成くん。

ミーもその後に続き、ガヤガヤと昼間みたいに人通りの多い道を進んでいく。

――相変わらず東京は、夜になっても人でいっぱいだ。

ワイワイ肩を組んで騒ぐ大学生の人たち、スタスタと早足でスマホを見ながら進んでくお姉さん、真っ赤な顔でふらふら歩くサラリーマンのおじさん。本当に色々な人がいる。

でもみんな、なんだかちょっとずつ疲れてるように見えるんだ。

よくわからないけど、せかせか忙《せわ》しない感じっていうか、笑っててもなんだか乾いてる気がするっていうか。同じ都民だけど島の人とは全然違うな、って思う。

毎日楽しくないのかな？　ご飯おいしくないのかな？

みんな島に来てくれたら、いっぱいハッピーになれるのにな――。

ぼんやりそんなことを考えながらしばらく歩き、横断歩道の信号が赤になったので、二人で立ち止まる。

「ちなみになんて名前のお店かい？」

ふと気になって、ミーはそう尋ねた。

すると成《せい》くんは、しれっとした顔で答える。

「イヤ、オレん家《ち》だ」

「おれんち――って特徴的な名前だね？」

ミーが首を傾《かし》げていると、成くんは呆《あき》れた顔で、くいっと親指を進行方向へと向ける。

うん？　向こうってこと？

その指先を目で追っかけると、たくさんあるビルの中でもいちばんおっきくて丸っこい形のビルがあった。

ん、あれ……？

なんかあのビル、テレビとかで見たことある気がするかも？

「だから店じゃねーよ、自宅だ。あそこに入ってる」

「……え、おうち？」

ふと視界の端っこに見えた青色の案内板に、〈六本木ビルズ〉と書かれていた。

×　×　×

―東京・六本木〈六本木ビルズレジデンス E２０２６〉―

「おおおおぅ……！　百万ドルの夜景……！」

部屋に入るなり飛び込んできたのは、壁一面のガラス窓に広がる東京の夜景だった。

白と黒の家具で統一されたシックな雰囲気のリビングは、無駄なものが一切ないすっきりとした空間だった。間接照明でぼんやり明るい室内には、5人くらい座れそうな大きなL字型のソファと3人がけのソファが向かい合わせになっていて、その中心にはピカピカのガラス製ローテーブルがどんと置いてある。

右隣の部屋は、いかにもお仕事できます感のあるおっきなデスク。壁にはずらっとオープンラックが並んでいて、お仕事のファイルとか色んなビジネスの本とかがぴっちり規則正しく収められていた。

うん——これは、まさしく。

「セレブ……！　セレブが住む都心のタワマンってやつだ……！　成《せい》くん、やっぱりめっちゃ社長だった……!?」

「たかが3LDKの部屋で大袈裟《おおげさ》な」

呆《あき》れたように言いながら、左の寝室らしき部屋のでっかいクローゼットにスーツの上着をかける成くん。

ううん、絶対そんなことないです。だってここにくるまでにプールとかジムとかあったし、お家賃だけで軽く二桁万円《ふたけたまんえん》はしちゃいそうです。

六畳一間、キッチン・お風呂・トイレ共用で2万円なシェアハウス住まいのミーとは天と地の差。言葉通り、住んでる世界が違います。

「それに自宅っつーか、半分は事務所《オフィス》だ。今は顧客《クライアント》がこの辺に集中してっから、アクセス重視で借りてる側面が強い。たまに会社《ウチ》のメンバーも使ったりしてるしな」

「はぇー……でも今は誰もいないんだよね？」

と、そこでネクタイを外そうとしていた成くんがピタリと止まる。

「確かに、誰もいねー……が、勘違いすんなよ。一番条件のいい事務所だからってことで、こうしてアンタを呼んだんだ。だからコンプラ上、全く問題ねーからな」

「？　うん？」

なんでか微妙に気まずそうな顔で、コホンと咳払《せきばら》いをする成くん。

いまいち意味がわからなくてミーが首を傾《かし》げていると、成くんはチョイチョイと指でソファを指す。

「まぁ、なんだ。とりあえずそこらへん座っとけ。飲み物くらいは出してやる」

「あ、はいっ。お邪魔しますっ」

「それは部屋に入る前に言えよ」

やれやれ顔でそう言って、シャツ姿の成くんがキッチンに向かっていく。結局ネクタイは着けたままだ。

言われた通り、ソファの端っこにちょこんと座って待っていると、すぐにお店にあるようなごっついコーヒーメーカーがコポコポ音を立て始め、ナッツのような香りが部屋に漂ってくる。

しばらくしてコーヒーソーサーに載せられた真っ白なカップがかちゃりとテーブルに置かれた。スティックシュガーと、しっかりミルクまで用意してくれたみたいだ。

「わぁ、ありがとう！」

「いや──つーか悪い。思わず思考停止で淹れちまったが、夜にコーヒー飲んでも大丈夫なクチか？」

しまった、という顔の成《せい》くんを安心させるようにドンと言う。

「大丈夫です！　ミー、いつでもどこでも秒で寝れるタイプなので！　島にいた時は、よく海が見える公園でお茶しながらお昼寝してました！」

「……都心で絶対すんじゃねーぞソレ」

ミーは両手でカップを持って、コーヒーの香りを楽しむ。それでちょっとだけソワソワした気持ちが落ち着いた。

成くんはミーの正面に腰かけると、自分のカップを口に運んで、ほぅ、と優しく息を吐く。

この前もそうだったけど、コーヒーを飲んでる時の成くんは本当にリラックスした顔をしてる。いつもはキリッとしてる目元も柔らかく見えるし、体からもホッと力が抜けてる感じだ。

お料理をした形跡のないピカピカなキッチンも、コーヒーメーカーの周りだけは使い込まれてる感じがするし、きっとコーヒーが好きなんだろうな。

そんなことを思いながらコーヒーをおいしくいただいていると、カチャリ、とカップを置いた成くんが「さて」と話を切り出してきた。

「あれから〈自己株アプリ〉は見たか？」

「あ、ううん。そういえば見てないや……」

「そりゃ随分余裕なこって」

見方もよくわからないし、お仕事覚えるのに必死ですっかり忘れちゃってました……。

成くんはハァと息を吐いてから自分のスマホを取り出す。

「ひとまずオレの方で『新しいビジネスの実績で株価が上がるか』を検証してみた」

「おおっ」

成くんは〈自己株アプリ〉の株価グラフの画面を表示させると、こちらに見せてきた。

「このグラフにどんな特徴があるかわかるか？」

「んー……とりあえずギザギザしながら進んでって……あ、３日前からちょっとだけピョンピョン上がってる……？」

順位は変わってないけど、時価総額的には90万円だけ高くなっているみたいだ。

「そう、ちょいちょい目立って変化が見えるところがあるだろ？　だいたいこのタイミングが、新規の仕事を発表なり公告なりした時と一致してる」

「おおっ！　それじゃやっぱり、成くんの仮説は正しかったってことだ！」

「まぁ、結論だけ言やそういうことになるな」

「よかった！　そっか、ミーが働いてる間にずっとそれを確かめてくれてたんだね！」

ありがとう！　とお礼を言うと、成《せい》くんはなんでか、ふっ、と口の片側だけを上げて笑う。

「オイ。オレがそんなわかりきった仮説検証に5日もかけると思ったかよ」

「えっ？」

「もっと多角的に効果検証してるに決まってんだろうが」

たかくてきに、こーかけんしょー……？

成くんは立ち上がると、デスクからA４の資料みたいなものを持ってきて、ミーの前にドサリと置く。

そう、まさしくドサリって感じの分量だ。

「それが今回の成果物だ」

「す、すっごいボリューム……」

「まぁ半分はエビデンスだから見た目ほど多くはねーがな」

成くんは再び正面のソファに腰を下ろすと、前屈みになってページをめくる。

「じゃあ、まずは一つ目の検証、『公告方法の違いが効果量に及ぼす影響について』だ。これは簡単なA／Bテスト——つまり、一部の条件を変えて比較するテスト手法を使って検証してみた」

「お、おおー……」

「前提として、発表する受託業務は全て『市場規模調査』ってことで一致させている。これは業務内容の違いが株価に及ぼす影響を統制《コントロール》するためだ。そんで肝心の発表方法の違いについてだが、会社公式サイトのＩＲページでの公告、新聞紙面の広告欄へ掲載、都内主要駅のデジタルサイネージに掲載、ＳＮＳの公式アカウントでの発表、新規にＳＮＳアカウントを作成しての発表——」

「おおぅ……」

「——とまぁ、それらの諸条件と株価の変動ポイントを重ねたものが、５Ｐ目のこの図ってワケだ。こっから読み取れるのは、アナログ媒体での公告よりもＷｅｂなどのデジタル媒体での公告の方が効果量が大きいってこと。これはおそらく、試験官《とうしかん》の情報へのアクセシビリティが重要だってことを示してる。さらにＷｅｂ公告の場合でも、掲載媒体の信頼性によって変化量に差が見られていて、公式サイトに載せた時よりもＳＮＳに載せた時の方が効果量が低い。ってことはつまり、より確度の高い情報媒体を重み付けして判断してるってことで——」

「は、はぇー……」

そんな感じで、テーブルの上の資料をペラペラと捲《めく》りながら色々説明してくれる成くんだったけど、ミーは途中からちんぷんかんぷんでついていけなくなってしまう。

本当は、この前みたいにちゃんと聞き返した方がいいんだろうけど——。

ミーはちらり、と成くんの顔を見る。

「――ほら、このグラフを見りゃ、株価の反応スピードがワリかし速い、ってことがわかるだろ？　流動性をどう担保してんのかはわからねーが、オレの勘じゃＡＩなんかも駆使して結構なスケールで売買が行われる仕組みを作ってて――」

そうスラスラと語る成《せい》くんの言葉はなんだか弾んで聞こえて、すっごく楽しそうだった。

だから途中で話を切っちゃうのが申し訳なくて、ミーは何も言わずに成くんの顔をぼーっと見ていた。

「――ってコトだ。ここまではいいか？」

「あ、は、はい！」

と、急に顔を上げた成くんとぱっちり目が合って、思わずどきりとする。

成くんは眉《まゆ》を寄せて不思議そうな顔をしてたけど、特に何も言わずに話を進める。

「前置きが長くなったが、アンタも最終的にゃＷｅｂに情報を載っけてもらうことになる。確か上京する前、ＳＮＳで島の情報発信してたとか言ってたよな？」

「えっと、うん！　インスダで！」

「ちょっと見せてみろ」

言われるがまま、ミーは自分のスマホで島アピール用のアカウントを開いて見せる。

「ふむ……それなりに投稿数はあるか。そんならコレをアンタの会社の公式アカウントってことにしよう」

「わかりました！」

「ただやっぱり、発信媒体がＳＮＳだけじゃ情報の信頼性に不安が残る。多少コストはかかるが、この段階でco.jpドメインの企業サイトも作っておくべきだ。信頼性が上がるからな」

「成《せい》くんの言う通りにします！　出世払いにツケといてください！」

「そう言うとは思ってたが、せめて投資コストの確認くらいしろっつーの——ほら、これがＷＥＢ制作業者の相見積《あいみつ》もりだ」

捲《めく》ったページには、色んな会社で取った見積もりがずらりと表になって並んでいた。

そこには内容の概要だったり予算だったり、メリットやデメリットみたいなものまでわかりやすく整理されて載っていて、それだけで成くんが、ミーのためにひとつひとつ丁寧にまとめてくれたんだな、ってことが伝わってきた。

——成くんは、本当にすごい。

ミーがグラスを割らないようにって頑張っているうちに、成くんはその１００倍くらいのことをやってくれてたんだ。

ミーは、ミー以外の人、そのすべてを尊敬してる。なにをやってもぽんこつなミーと違って、みんな必ずいいところとか、得意なこととかがあるからだ。

なかでも成くんは、今まで生きてきた世界がぜんぜん違うんだろうな、ってくらいすごいところだらけの人だった。

ミーはもう一度、成くんの顔に目を凝らす。

こうして近くで見ると、顔立ちにはまだちょっとあどけなさが残ってる。故郷《ふるさと》の海の色みたいな青色の瞳はすごく綺麗《きれい》に澄んでいて、どこまでもまっすぐだ。

別世界の人みたいに色々できて大人っぽいのに、根っこは純真で子どもっぽい。ミーはそんな風に思った。

どうして成くんは、そんなに〝ビジネス〟に詳しくなったのかな？

なんでそんなに〝ビジネス〟に一生懸命になるのかな？

……うん。

知りたいな。

もっと、成くんのこと。

「――オイ、環《たまき》。聞いてんのか？」

そこでまた顔を上げた成くんと目が合ったから、ミーは思うまま尋ねることにした。

「成くんはさ。なんで〝ビジネス〟を始めたのかい？」

「……、ハ？」

成くんは「急になんだ」って感じに目を見開いて、言葉を詰まらせる。

「ごめんね、突然！　だってさ、ミーとほとんど年違わないのに、こんなに色々知ってるのはなんでだろう？　って思って」

「……オイ。そんなにオレの話は退屈だったかよ？」

「え？　どうして？」

「全然聞いてねーだろ、説明」

さっきもな、とジトッとした目で言われてしまい、ミーは「あっ」となる。

「ご、ごめんなさいっ！　でもその、退屈とか興味ないとかじゃ全然なくてですね」

「ふーん」

「ただなんていうか、ミーって、一つのことが気になるとついそのことばっかり考えちゃって、他が見えなくなっちゃうといいますか……」

「どのみち聞いてねーことにゃ変わりねーだろが」

「うっ……」

ミーが申し訳なさでしおしおと萎《しな》びていると、成《せい》くんはやれやれって顔で、空になった自分のカップを手に取り、キッチンに向かって歩いていく。

そしてコーヒーサーバーからもう一杯コーヒーを淹れて戻ってくるなり、ミーの正面じゃなくて、斜め横の位置にぽすんと座った。

それから、ぼんやりと手に持つコーヒーカップに目を落としながら。

「……きっかけ自体は単純なもんだ」

「あっ、話してくれるんだ……」

「じゃねーとアンタ、なんにも頭に入らねーんだろ？」

っとと、びっくりして思わず言葉に出てしまいました。

ミーが慌てて口を押さえると、成くんはフゥと息を吐いてから続ける。

「……オレはただ、自分の置かれた環境をどうにか変えたかった。そん時にたまたま〝ビジネス〟を教えてくれる人に出会った。きっかけはそんなモンだ」

そう言ってコーヒーを口に運ぶ成くんに、嫌そうな様子はない。

だからミーは、ここぞとばかりに聞いてみることにした。

「それっていつのことかい？」

「だいたい10年前。オレが8歳の時だ」

「えっ、10年……!?　ってことはもしかして、小学生の頃からお仕事してるの!?」

「まーな。つっても流石《さすが》に当時は小間使いみてーなもんだったが」

はー、そっかぁ……。

成くんは、ミーが『あいさつ係』を頑張ってた頃からビジネスしてたんだ。それはすっごく詳しくなるわけだ。

「でもよくご両親がお仕事するのおっけーしてくれたね？」

「いや、その時分にゃもう両親はいなかった」

「えっ……」

「孤児だからな、オレは」

サラッと言われてしまい、ミーは思わず言葉を失う。

「7つの時に父親は過労死。母親はもっと前に妹連れて出てった。親族付き合いもなかったから、扶養者ナシってことで養護施設行きだ」

「……」

そっか……だから。

ミーは部屋をぐるりと見回す。

だから成《せい》くんはこの部屋で一人暮らし、してるんだ。

そう思ったらこの場所が急に寂しいところに感じられてしまい、なんだか悲しい気分になる。

そんなミーに気づいたのか、成くんは呆《あき》れたように言う。

「何をシリアスな顔してんだアホ。もう10年も前のことだ、今更思うことなんてねーよ」

「……そうなのかい？」

「それにオレにゃ養父がいるからな――家族は、それで間に合ってる」

と、そう答える声に、ふと温かみが宿ったように感じた。

コーヒーカップを手に目を細める成くんの表情は、いつにも増して優しい。

「オレに〝ビジネス〟を教えてくれたのはその人だよ。……いや、正確にゃ教えるとかそんな上等なもんじゃねーか。やたらめったら色んな会社にぶち込まれただけだし」

普通だったら虐待だな、とくしゃっとした顔で笑う成くん。

……成くん、嬉しそう。

よかった。いい家族に巡り合えたんだね。

「だがまぁ──〝ビジネス〟の本質だけは、一番最初に教わったか」

「本質？」

「ああ」

かちゃり、とカップを置いて、成くんはミーの目を見る。

「『〝ビジネス〟は〝世界〟を描き替えるツールだ』」

「──」

「『今の〝世界〟が気に食わねーなら〝ビジネス〟の力で変えちまえ』──ってな」

成くんは膝《ひざ》の上に置いた両手を組んでから、力強く言う。

「〝世界〟っつーとわかりにくいかもしれねーが、要はルールとか価値観みたいな『自分を取り巻く環境』の比喩だ。そういうもんを変えるのに一番手っ取り早いのが〝ビジネス〟をやることだって、そう言いたかったんだろう」

「──」

「実際、その本質に忠実な人間ほど成功する。色んな会社で、多くの経営者《しゃちょう》を見てきたが、ただ金稼ぎがしたいってヤツより、今の〝世界〟に一石を投じよう、自分が思う理想の〝世界〟を作ってやろう、ってリーダーほど業績は伸びやすかった」

「――」

「業績が伸びれば当然会社はでかくなる。会社がでかくなりゃできる事業《コト》は多くなり、いずれそれは社会の仕組みを変えるほどの力になって〝世界〟に届く――まさしく、ＷＢＦの創始者アーロン・ジョイツのようにな」

成《せい》くんはふっと笑って組んだ手を解《ほど》き、その両手をじっと眺める。

「少なくともオレは、施設で腐ってるよかよっぽどマシな人生になった。オレの〝世界〟は、間違いなく〝ビジネス〟によって変わったんだよ」

「……そっか」

ミーは深く頷《うなず》く。

だってミーは、全部わかっちゃったから。

「だから成くんは、コンサルタントのお仕事を始めたんだね」

成くんがハッとした顔でミーを見た。

ミーは、にこりと笑いかけて。

「みんなに〝ビジネス〟ってすごいんだよ、って伝えたくて。〝ビジネス〟を頑張れば、きっとなんでも変えられるんだよ、って伝えたくて」

「――」

だから成くんは、〝ビジネス〟が楽しいんだ。

だから成くんは、〝ビジネス〟に誰よりも真摯《しんし》で、一生懸命なんだ。

だから、成くんは――。

「〝ビジネス〟を、みんなに教えることで――たくさんの人を、助けたいんだね」

それはつまり、自分を助けてくれた〝ビジネス〟に対するお返しであって。

つまりそれは、自分を導いてくれたお義父《とう》さんに対する恩返しでもあるんだ。

「ありがとう、成くん。話してくれて」

「……」

「ミー、めっちゃやる気出た！　前からやる気いっぱいだったけど、やる気限界突破するくらいやる気出た!!」

「……そりゃ何よりだ」

ミーはふんと両腕に力を込めて、めらめら燃える気合いで拳を前に突き出す。

「よぉーし！　それじゃあ成《せい》くんのお義父《とう》さんに喜んでもらうためにも、まずは試験がんばろーっ！　おーっ！」

「……そーだな」

と、ぼそりと呟《つぶや》いた成くんがなぜだか急に悲しそうに見えて、ミーはぎょっとする。

あ、あれ……？

もしかしてミー、言っちゃいけないこと言ったかい……？

「あ、え、えっと……その、ちなみに、お義父さんは、今って……？」

「心配すんな。ちゃんと生きてるよ」

ああ、なんだ。よかった。

ミーがほっと胸を撫《な》で下ろしていると、成くんはぐいっと一気にコーヒーを飲み干して立ち上がった。

「会うだけならいつでも会える。今はちょい距離が離れちまってるがな」

うん……？

ミーはその言い方に違和感を覚えて、成くんを見上げる。

「――」

窓の方を向いた成くんの横顔は、いつものクールな表情だったけど。

なんとなく、試験説明会の時の顔に似て見えた。

3 Side:環伊那　〝友達〟は最高だ

―東京・六本木〈六本木 Garden〉―


ミーがお仕事を始めて、7日目のこと。

一昨日の成くんの話でめっちゃやる気が充填《じゅうてん》されたミーは、昨日になってようやくグラスを一つも割らずにお仕事することができた。

その調子で今日も頑張るぞ！　って気合いでフロアスタッフ用の制服に着替え、事務所にタイムカードを押しに行った――。

その矢先の出来事です。

「伊那《いな》。アナタもうフロアに立つの禁止」

「えっ⁉︎⁉︎」

――銀ちゃんママからの突然の戦力外通告に、ミーは思わず叫んでしまいました。

「な、なんでですか⁉︎」

銀ちゃんママは「ハァー」と大きくため息をつくと、端っこに置かれた透明なゴミ袋をちらりと見た。

「アナタに動かれるとバカラ《グラス》がいくつあっても足りやしない。この仕事が致命的に向いてない、ってことがよぉーくわかったわ」

「で、でもっ……！　昨日は一個も――」

「言い訳しない。そもそも普通は一個も割らないのよ」

ピシャリ、と遮《さえぎ》られてしまい、ミーはしゅんと肩を落とす。

フロアチーフは「高級ブランデーを落とさなきゃいい」って言ってくれてたけど、流石《さすが》にやりすぎ、ってことなのかな……。

やっぱり全部弁償しよう。それでまだ働かせてください、ってお願いしなきゃ。

「ママ――」

「だけど、」

……と。

ミーが言いかけた時、銀ちゃんママが遮るように言った。

「どういうわけか、お客様からは人気なのよね、アナタ。接客《キャスト》でさえないのに」

「え……？」

ママは「あれだけ失敗してるのに評判のいい子は初めてよ」と呆《あき》れたように肩を竦《すく》める。

ミーがぽかんとしていると、ママはちらりとデスクに置かれているノートパソコンの画面に目をやった。

「ここ最近不調だった売り上げも不思議と伸びてる。少なくとも、アナタが壊したグラス代を上回るくらいには」

「え、えっと……」

「アナタが店全体の雰囲気を柔らかくしてるせいなのか、従業員《キャスト》もお客様《ゲスト》も普段よりリラックスして過ごせてるように見える……本当、呆れた才能だわ」

「あ、あの、ママ？　つまり、ミーはどうすれば……？」

銀ちゃんママは、かちゃり、とサングラスの位置を直してから言う。

「今日から卓についていいわ」

「……！」

え、ってことは──。

「言っとくけど、お客様のお相手は失敗しましたごめんなさいじゃ許されないわよ。教えた通り、ちゃんとできるわね？」

「は、はいっ……！　やれますっ！　やらせてください！」

やっと言ってる意味に気づいたミーは、間髪容れずにハッキリと答えた。

銀ちゃんママは、ふっ、と小さく笑って頷《うなず》いて、しっしと手を振る。

「ホラ、わかったらすぐ着替える。トロトロしてるとドラム缶詰めにして隅田川に流すわよ」

「はいっ!!」

ミーは元気よく答えて、一気にウキウキになった足取りでロッカールームへと戻る。

よしっ、よしっ……！

これでいよいよ本番、接客《キャスト》のお仕事だ！

試験期間はあと1カ月。ここから今まで以上に頑張らなきゃ！

ミーはふんすと気合いを入れて自分のロッカーを開けた。そこには着てきた服と、いつでも接客ができるように置いておいた着替えがある。

着替えを手に取った時、ふとスマホが目に入って、ポンと思いつく。

あっ、そうだ！　報告がてら、成《せい》くんに写真撮って送ろう！

なんだかんだ、成くんはまだ一度もお店に来ていない。なんでも「対策が終わるまで店に近づかない方がいい」とかで、あえて来ないようにしているみたいだ。

今もきっと色々戦略《プラン》を考えてくれてるんだろうし、せめてこんな感じで働いてます、ってことくらいは伝えておいた方がいいよね。

そう決めて、ミーはインカメラを起動し、パシャーと写真を撮る。

「えーと『今日からキャストデビューになりました！　めっちゃ頑張ります！　あと一応、フロア制服のカッコも送っておきます』っと……」

「何よ、彼氏？」

「おおぅ!?」

急に話しかけられて、びくぅ！　と体が驚く。

振り返ると、アカネ先輩がすぐ後ろに立っていた。

「あ、アカネ先輩!?　いたんですかっ」

「いや、ずっといたけど。あんたが浮わついててスルーしたんじゃない」

「あ、あれ？」

おおぅ……全然気づきませんでした。

アカネ先輩は、ちらっとミーのスマホを覗《のぞ》き込むなり、むっと眉《まゆ》を寄せて言う。

「……あんたね、もうちょい映《ば》えを意識しなさいよ。証明写真じゃないんだから」

「えっ、変ですか？」

「ちょっと貸しなさい」

がしっ、とミーのスマホを手に取るなり、斜め上に持っていく。

「はい、ポーズ。んで笑う」

「えっ」

カシャー。

咄嗟《とっさ》ににっこりピースしたところでシャッター音が鳴る。

「ほら、こうして角度つけて撮れば輪郭がシュッとして見えるでしょ」

「おおぅ、ほんとだ……！」

「あんたどっちかっていえば丸顔なんだから、もうちょっとフェイスライン気にしなさい。あとチーク。もっと高い位置から斜めに入れた方がシャープな見え方になる」

はえー、さっすが……。

アカネ先輩は、ここでのお仕事以外にモデルのお仕事もやっているらしい。活動場所は主にインスダグラムで、自分で考えたコーディネートを毎日アップしたり、オススメのコスメとかケア用品を紹介したりしてるんだとか。

ミーは返してもらったスマホで成《せい》くんに写真を送ってから、ふと尋ねる。

「そういえばアカネ先輩、このお仕事いつからやってるんですか？」

「んー……確か5年前だっけ」

備え付けの鏡でメイクを直しながら答える先輩。

「5年！　やっぱりめっちゃベテランだ……！」

「まぁ、この仕事基本回転速いしね。ウチは定着率めっちゃいいけど、だいたいみんな学生とかで、就職と同時に辞めちゃうし」

先輩はパタンとファンデーションケースを閉じた。

ミーは隣で着替えを始めつつ雑談を続ける。

「でもダブルワークって大変じゃないですか？　モデルさんの方が本業なんですよね？」

「あのね、私程度じゃモデル専業でやってけるわけないいっつーの」

先輩はまた、むっ、と眉《まゆ》を寄せて言った。

「そうでなくても無所属《フリー》なんてキツいんだから。兼業なんて常識よ常識」

「はぇー、そうなんですか……先輩、めっちゃ綺麗《きれい》なのになぁ」

「なによ、嫌味——じゃ、ないのよね、あんたの場合は……」

はぁ……と、なんでかため息をつかれてしまいました。

「とにかくまぁ、生活のためには仕方ないの。それにウチのお客様、みんな会社の偉い人ばっかなんだし、なんか仕事に繋《つな》がるかもじゃん？　あわよくばキャンペーンガール《キャンギャル》の仕事とか回してもらえないかなー、とか」

元々それが目的でやってる仕事だし、とやれやれ顔で話した先輩に、ミーは笑って言う。

「でも先輩、このお仕事好きなんですよね？」

「……ちょっと、なんでそうなるのよ」

「だって先輩、いつも一生懸命だから！」

そう、先輩はいつだってお仕事に真剣だ。

ロッカーの中でお客さんに聞いた話のメモが山になってのを知ってるし、キャストの人がやらなくてもいいフロアのお掃除をしてるのも見たことがある。

ミーのことだって、別に教育係でもないのに面倒見てくれるんだもん。お仕事が嫌だっていうなら、こんなぽんこつのミーになんてとても構っていられないはずです。

すると先輩はもにょっとした顔になって言う。

「……別に、そういうんじゃないし。ただ性格的に手抜きができないだけよ」

がしゃん、とロッカーを閉めてから、先輩はふっと息を漏らす。

「でも、ま……今アパレルの会社から専属モデルやらないか、って話きてるから。流石《さすが》にそっちの面接が受かったら引退するわ」

「おおっ!?　すごい、スカウトってヤツですね！」

「バカ、そんな上等なもんじゃないわよ。どうせあたしだけじゃないだろうし」

先輩は照れたような顔で言う。

「新興のアパレルブランドなんだけど、条件がよくってさ。これから商品点数増やしてくから、固定で動けるモデルが欲しいんだって」

「へー！」

固定給まで出るとかエグくない？　と弾む声で語るアカネ先輩。

先輩、嬉しそうだなぁ……。

兼業は仕方ない、って言ってたけど、やっぱりモデルのお仕事を精一杯頑張りたい、ってことなんだろうな。

そんな先輩を見ていたらミーも嬉しくなって、ぐっと両手を握り締めて言う。

「はいはい！　それ、ミーも応援しますっ！　先輩の夢が叶《かな》うなら！」

「は？　いやそんな、夢とか小っ恥ずかしい……」

ミーがニコニコと笑って見ていると、先輩は「ああもう、わかったわかった」と恥ずかしそうに手を振って顔を背けた。

「とにかく！　ママから聞いたけど、あんた今日から接客するんでしょ？　絶対にお客様にお酒こぼしたりするんじゃないわよ！」

「らじゃーです！　こぼす時は自分にしときます！」

「そもそもこぼすのをやめろっての！」

ふんだ、と先輩は口をへの字にして出口へと向かおうとする。

……あ、そうだ！

「アカネ先輩アカネ先輩！　ちょっとミーと一緒に写真いいですか⁉」

「は？　なによ、ＳＮＳに上げるつもりじゃないでしょうね」

「ううん、これは自分用です！　今たくさん集めてるので！」

「……？　まぁ、いいけど……」

「わーい！」

ミーはウキウキでインカメラを起動する。

『店で働いてて〝友達〟になった人と一緒の写真を撮っておいてほしい』――実はこれ、この前の会議の時に成《せい》くんに頼まれたことです。

たぶんお客さんの中で、って意味だと思うけど、その中にアカネ先輩との写真があってもいいはずだ。

それに、こうやって〝友達〟と撮る写真は――。

「はいっ、チーズ！」

「言い方古っ」

カシャー！

先輩に言われた通り、斜め上からカシャリ。

「ありがとうございますっ！　大事にしますね！」

「写真一枚でまた大袈裟《おおげさ》な……じゃあもう行くわよ」

そう言って、先輩はひらひらと手を振って出て行ってしまった。

ミーは1枚目が追加されたアルバムを見て、にんまり笑う。

――うんっ。

こうやって〝友達〟と撮った写真《おもいで》は、きっとミーの宝物になるもんね！

×　×　×

――ざわざわ、ざわざわ……。

クラシックの落ち着いたBGMが流れる店内が、人の声で溢《あふ》れ始める午後8時頃。お店が忙しくなるのは毎日だいたいこのくらいの時間です。

うちはお客さんになるべくゆっくり過ごしてほしい、って理由で他のお店よりもオープンの時間が早くて、午後6時から開いてます。

行きつけのバーみたいな感じでのんびり過ごすことの多い常連さんは早くから来ることもあるけど、たいていのお客さんはお仕事が終わって近くでご飯を食べてから来るので、このくらいの時間から人が多くなるんだそうです。

「――えっ、じゃあシラトリさん、あの日本離島運送の社長さんなんですか!?　みんなめっちゃ使ってますよっ！」

「おおっ、そうか！　小笠原出身って言ってたね、イナちゃんは！」

「そうですそうです！　ミーたちの島って定期便ないから、荷物届くのが遅くって。でも数年前から日本離島運送さんが父島からのドローン配送を始めてくれたおかげで通販がすっごく便利に使えるようになって、島の人みんな喜んでますっ！」

「ははっ、いやぁそう言われるとやった甲斐があったよ。あの事業はねぇ、社内でも採算が取れないって反対意見が多かったんだけど、離島振興のためには一発やってやらにゃいかん！って俺が鶴の一声で――」

そして成《せい》くんも言ってたけど、やっぱりお客さんは色んな会社の社長さんが多いです。みなさんめっちゃビジネスに詳しくて、お仕事のお話を色々してくれて、めっちゃタメになってます！

「――と、離島の生活も一つの文化なんだから、この国に生きる者として大事にしてかなきゃいけないんだよ。世間の人も政府もその辺わかってないよねぇ」

「わぁ、そう言ってくれるのすっごく嬉しいですっ！　よーし、ミーの会社も頑張って島を盛り上げなきゃなー！」

「えっ……？　まさかイナちゃん、会社やってるの!?」

「あ、はいっ！　実は故郷の島が廃村になっちゃいそうで、それをどうにか止めたくて……でもまだ作っただけで全然なんにもできてなくて、めっちゃ修業中なんですけど」

「はー、そりゃすごい！　その志だけでも大したもんだ！」

「えへへっ。だからシラトリさんのお話、めっちゃ勉強になります！　もっと聞かせてくださいー！」

「わっはっは、そうかそうか！　それじゃあ俺が瀬戸内の事業所にいた頃の話をすると――」

ミーはうんうん頷《うなず》きながら話に耳を傾ける。

もしかして成《せい》くんは、こういうところも見越してミーにこのお仕事を紹介してくれたのかな？　だとしたら、ほんとに成くんには感謝の言葉もないです。

「――イナ。6番卓のお客様からご指名」

「あっ、はーい！」

しばらくして、そうフロアチーフに声をかけられ、ミーは「またお仕事のお話聞かせてくださいね！」と挨拶《あいさつ》してから席を立つ。

うちにノルマはないので、別に指名は取らないでも大丈夫です。ただ指名の仕組み自体はあるので、こうやって呼ばれれば卓につくこともあります。

「ちなみに本指名だから」

「えっ、ほんとですか？」

卓に向かう途中でそう耳打ちされ、ミーは驚く。

『本指名』っていうのは、入店前の予約段階で指名してくれるパターンのことで、基本的に固定のお客さんがいるキャストさんがされるものです。ミーは今日が初めての接客だし、もちろんそういう固定のお客さんはいません。

だから普通なら本指名が入るっていうのは考えにくいんだけど、いったいなんででしょう？

そんなことを思いながら、指名のあった隅っこの6番卓へ。

「お待たせしましたっ、イナです！　失礼しま――って、あれっ？」

「よっ、伊那《いな》ちゃん！」

「こんばんは」

なんと！

そこにいたのは、陸《りく》くんと京《きょう》ちゃんでした！

「えーっ!?　二人とも、どうしたのかい!?」

「がはは、成からここで働いてるって話聞いてよぉ。ちょいと仕事終わりに様子を見にきた、ってわけ」

「実はお店の内装、弊社《うち》が担当してる。だからフリーパス」

腕を頭の上で組みながらあっけらかんと言う陸くんと、右手でVの字を作る京ちゃん。

「うわぁ、そっかぁ！　来てくれてめっちゃありがとう！」

ミーは嬉しくなって、ニコニコ笑顔で京《きょう》ちゃんの隣にぽすんと腰掛ける。

テーブルの上にはお菓子の盛り合わせと、ノンアルコールシャンパンのマロワール・デ・サクレが置かれている。お酒が飲めない人とか未成年でも楽しめるように用意されてるもので、ミーの分のグラスまで先に用意してくれていた。

「がはは、にしてもこの店はまったりしてんなぁ。成人してから取締役《やくいん》のオッサンたちとクラブもキャバも行くようになったけどよぉ。どこももっとギラギラしてっし、オネーチャンはすっげぇ派手なんだよなぁ」

「……兄さんは経費で遊びすぎ。今度親会社《パパ》にチクってやる」

「ちょっ、そりゃナシだろぉよ京！　全部接待、接待だっつーの！」

「どうだか。さっきもモデルのお姉さんに鼻の下伸ばしてたくせに」

「伸ばしてねぇよ！」「超伸びてたし」

「あはは。二人とも、めっちゃ仲良しなんだねぇ」

「別に仲良くはねぇよ！」「別に仲良くはない」

息ぴったりでツッコまれて、それがおかしくてミーはまた笑う。

でもほんとに嬉しいな！　陸《りく》くん京ちゃんとは、もっとたくさんお話ししたかったから！

ミーはノリノリでグラスを手に取って、シャンパンをとくとくと注ぐ。

「それじゃ二人とも、まずは乾杯しよ！　はい、グラスどうぞどうぞー！」

「おぉよ！」

「ありがとう」

二人がグラスを持ったことを確認して、ミーはこくんと頷《うなず》く。

「じゃあ陸くん！　乾杯の音頭をお願いします！」

「それじゃ、成《せい》の初・友達を記念して！」

「かんぱーい」

いえーい！　とミーたちは、かちんかちんとグラスを合わせた。

「ぷはぁ！　っていうか、成くんの初友達ってミーのことかい!?」

「がはは、そうそう。アイツ、年の近い友達ってできたことねぇからよぉ」

「私たちは幼馴染《おさななじみ》だからノーカン」

「へー、幼馴染！」

ミーは空になった二人のグラスにシャンパンを注ぎながら尋ねる。

「確か二人とも成くんと同い年なんだよね？　いつから仲良しだったのかい？」

「おぉ、初めて会ったのは10歳の時だから、今から8年前か？」

「横浜環状線の工事現場でバッタリ会った」

「そうそう、親父肝入りの現場なぁ。あの頃から生意気なガキだったよなぁ、アイツ」

「今よりもっと態度悪い」

「あははっ、ちっちゃい頃の成《せい》くんってなんかそんな感じするかも！」

「おっ、そう思う？」

「ちなみにどうして？」

　ぐいっと、二人が身を乗り出して聞いてくる。

　ミーは、うーん、と少しだけ考えて。

「たぶんだけど、もっと明け透けにズバッと言いたいことを言ってたとかじゃないかい？　大人相手でも気にしないでグイグイ言ってたとか」

「へぇ……」

「……正解」

「やっぱり！　きっと今以上に一生懸命だったんだろうなぁ、って思ったんだ！　ほら、『子どもだからって舐《な》められちゃダメだ、大人以上に頑張らなきゃ』って感じにさ」

　二人が、はぁ、と驚いたような息を漏らす。

　うん？　ミーなんか変なこと言っちゃったかい？

「……いや、まさにその通りだよ。親について回ってた俺たちとも違ってよぉ。アイツは完全にいっぱしのビジネスパーソンでございい、って顔してたもんなぁ」

「『大人たちと同じ扱いにしてくれ』って言ってた」

「だがまぁ、昔っからモヤシだからなぁ！　台車《ネコ》使わせただけですぐにぶっ倒れてたわ！」

「私よりも貧弱だったモヤシ野郎」

「おおぅ……」

確かに成くん細っこいし、ご飯ちゃんと食べてるのかな？　って感じはあるかも。

だけどよぉ、と陸《りく》くんはぐびっとシャンパンを飲み干して言う。

「そんだけ虚勢張るのも、全部アイツが仕事《ビジネス》にガチだったからでさぁ。とにかく早くに色んな仕事を覚えて、ちゃんと働けるようになりてぇ、ってな」

「……モヤシだけど根性はあった」

「そんなだから親父も、現場の職人さんたちも気に入っちまってよ。バンバン仕事させて、アイツはそれをどんどん吸収して、気づきゃいっぱしの現場監督でござい、ってな顔で大人たち相手に指示出ししてたわ」

「正直かなり驚いた」

懐かしむようにそう言って、うんうん、と頷《うなず》く二人。

はぁー……さすが成くんだ。

なんとなく建築現場のおじさんたちって、仕事の品質にすっごく厳しいイメージがあるけど、そんな人たちにも認められちゃうくらいすごかったんだな。

「ウチの現場からは1年もしねぇうちにいなくなっちまったけどさ。その後も色んな会社で似たようなこと繰り返してたぜ」

「飲食、不動産、金融証券、とにかく色んな業界をグルグルしてた。回遊魚みたいにノンストップで」

「俺らでさえ中学まではきっちり行ってたんだが、アイツはそんな感じでひたすら仕事仕事って感じでよぉ」

「実質小卒」

「おおぅ、小卒って初めて聞いたかも……。あれ、でも成《せい》くん、めっちゃ頭いいよね？」

「あぁ、仕事に関係しそぉな数学だの文章能力だのは全部独学だよ。地頭はめちゃくちゃいいからなぁ、アイツ」

「代わりにビジネスと関係ないことはからきしだったりする。特に音楽と美術は地獄」

「がはは、言葉通り地獄だなぁ！　口から不協和音のド音痴だし、何描いてもぐっちゃな画伯だからよぉ！」

「あははっ、成くんでも苦手なものあるんだね！　ちょっと安心したかも！」

ひとしきりみんなで笑ってから、陸《りく》くんが「まぁ、ともかくさぁ」と口を開いた。

「そんなワケで、成のヤツが同世代の連中とツルむこととかマジなかったんだわ」

「……いても仕事関係の付き合いだけ。成、絶対そこで一線引くから」

「だからよぉ――」

そして陸くん京《きょう》ちゃんは、ミーの顔をじっと見た。

「いきなり伊那《いな》ちゃん連れてきた時は、ガチでビビったんだわ。なんか俺らと同じレベルで仲良く見えたしさぁ」

「しかも女の子。鉄壁コンプラ男の観測史上、初めてのケース」

「おおぅ、そんなにかい……？」

「なぁ、どうやってあのヒネクレ野郎を口説き落としたんだ？」

「弱みでも握った？　実は手書きの字が壊滅的に下手ってこととか」

二人の問いに、ミーは「うーん」と首を傾《かし》げながら答える。

「別に、特別なことはしてないと思うけどなー？　二人とおんなじように『友達いりませんか』って話しかけて、それで色々お話しするうちに仲良くなっただけだもん」

「へ……マジでそれだけかぁ？」

「……それっていつ頃の話？」

「二人とお友達になるちょっと前だよ！　会場に行く途中で声かけたんだ！」

一緒にタクシーで来たんだよ！　と補足するミー。

はぁ、と二人は驚いたように言う。

「いや、すげぇコミュ力だな……あの全方位チクチクのハリネズミに、そんなザックリしたノリで接近できるとか」

「しかも実際それで距離縮めてるのがすごい」

「んー、そうかな？　確かにちょっと『気安く近づいてくるな』的なバリアは張ってる感じだったかもだけど……でも、絶対優しい人だって思ってたし平気だったよ？」

すると二人は、さっきよりも驚いた様子で顔を見合わせる。

「アイツが優しい人……ねぇ？」

「どこを見てそう感じたの……？」

だって、とミーは。

「成《せい》くんって、いつも人のことばっかり考えてるよね？」

その答えに、二人は目を丸くして驚いた。


——それは最初の説明会で見た時からなんとなく感じていたことだ。

成くんは、歩くのもやっとな人混みでぜったい周りの人とぶつからないように歩いていた。

ブースで説明を聞いてる人の前は絶対に横切らないようにしていた。後ろの人の視界を遮《さえぎ》らないようにさりげなく場所を譲っていた——。

ミーがほんのちょっと見た時だけでも、それだけ人のことを気にかけてたんだもん。すっごい優しい人なんだなぁ、って思うのは当たり前だよね？

「確かに厳しいこと言う時もあるし、実際にミーも『ビジネス舐《な》めるなー』って怒られちゃったけど……でもそれは『たとえ自分が嫌われても、相手のためには言ってあげた方がいい』って思ったからだろうしさ」

「「……」」

「それに、急いでる時にいきなり話しかけた知らない《ミー》人相手でも、真っ正面から目を見てお話ししてくれたから！　その時点でもう、優しい人確定です！」

ミーがそうはっきり言うと、陸《りく》くんと京《きょう》ちゃんは、ふはっと吹き出すように笑った。

「……そぉかそぉか。初見でアイツの根っこを見抜けるたぁ、相当いい目してるよ」

「わかってても真正面から凸ろうとか普通思わない。営業の才能あるかも」

「おおー？」

　そういえば、営業がどうこうって成くんも言ってたなー。ビジネスに詳しい人はみんなそう思うものなのかな？

　陸くんは「ま、なんにせよ」と言ってニカッと笑う。

「そんな短期間でアイツと〝ビジネス〟でがっつり組めるとこまで持ってけるってこたぁ、伊《い》那《な》ちゃんにはきっとスゲー才能があるぜ」

「自信持っていい。成は〝ビジネス〟に関してだけは絶対間違わないから」

「え、そ、そうかい……？」

なんだか急に褒《ほ》められちゃって、思わず照れてしまう。

陸《りく》くんは「がはは！」と豪快に笑って言う。

「それに、アイツがやろうとしてるこたぁ、絶対に伊那《いな》ちゃんにとっても悪いことにゃなんねえしな！」

「……うん？」

ふとその言葉が気にかかって、ミーは聞き返す。

「成《せい》くんがやろうとしてること？　コンサルタントのお仕事を頑張ること以外でかい？」

すると陸くんは「あれ？」と首を傾《かし》げる。

「成から聞いてねぇのか？　そもそもアイツが、Ｗ、Ｂ、Ｆに、入、ろうと、思っ、てん、のは――」

「……兄さん」

陸くんが言い終わる前に、こつん、と肘《ひじ》を当てる京《きょう》ちゃん。

「言いすぎかも」

「ん、あぁ……」

言われて、もにょっと陸くんは口を噤《つぐ》む。

――成くんがＷＢＦに入ろうとする理由。

そっか。そういえば、それはまだ聞いたことがなかったな。

陸くんはゲフゲフと咳払《せきばら》いをしてから、再びがははと笑う。

「まぁ、なんだ。そのうちきっと話すだろぉよ」

「……私たちが言うことじゃない、と思う」

そう気まずげに言葉を濁す二人を見て、すかさずミーは笑って言う。

「大丈夫だよ。ミーは成くんを信じてるから」

「「……！」」

――ここまで話してて、ミーは二人が、わざわざこうしてお店にやってきてくれた理由をなんとなく察していた。

たぶん二人は、ミーと成くんが、ちゃんと〝友達〟でいられるのか心配して来てくれたんだ。

二人からしたらミーは、すっごく仲のいい幼馴染《おさななじみ》にいきなりできた〝友達〟だ。ミーがどういう人なのか、どういうつもりで成くんと一緒にいるのか、どのくらい成くんのことをわかってるのか……色々と気になるのは当たり前だと思う。

でもただそれを確認するだけじゃなくて、さりげなく会話の中で成くんのことを教えてくれたり、ミーのことを安心させてくれたりもして、ミーたちがこれからもちゃんと仲良くできるように、ってたくさん気遣ってくれていた。

本当に、成くんの〝友達〟らしいな、って思う。

二人もずっと、人のことばっかり考えてる、優しい人だ。

「だから安心して！　ミーは――」

そしてミーは。

たぶんきっと、二人が欲しいと思っている言葉を口にする。

「ミーはぜったいに、どんなことがあっても――成くんとずっと〝友達〟でいるよっ！」

そう胸を張って断言すると、二人はぽかんと口を開けて呆《ほう》けてしまった。

「あっ、でもミーの方が愛想つかされちゃうことはあるかもだけど……ミー、めっちゃぽんこつだし、歩く爆発物だし」

そう言って「えへへ」と笑うと、二人はすごく優しい顔になって首を振った。

「……いいや、そりゃねぇよ」

「100％ありえないと思う」

そして、声を合わせて――。

「伊那《いな》ちゃんなら、絶対に大丈夫」

――と。

そう、ミーのことを――。

ちゃんと〝友達〟だって、認めてくれた。

「――ありがとうっ！

ほんとにほんとに、めっっっっっっっっっっっちゃ、嬉しいっ!!」

――あぁ、やっぱり、〝友達〟は最高だ。

だってこんなにこんなに、ハッピーな気持ちにさせてくれるんだもんっ！

4 Side：真琴成　予兆

――東京・六本木〈六本木ビルズレジデンスＥ２０２６〉――

――がたんっ、ばしゃっ。

やっと一仕事終えた、と椅子から立ち上がろうとした瞬間のこと。

不意にデスクに足が当たり、その揺れでコーヒーカップを倒してしまった。

「っと、やっべ……」

間一髪、資料とノートパソコンを避けることには成功したが、デスクの上の黒い水溜まりはポタポタと床にまで垂れてしまっている。

「……これじゃ環《たまき》のことを笑えねーな」

そう自嘲《じちょう》して、ティッシュでコーヒーを拭き取っていく。

――つい先ほど、環から謎の自撮り写真とともに、今日からキャストとして働く旨の報告が入っていた。一応本番はこれからということになるが、徳永《とくなが》社長のゴーサインが出た時点で、ほぼ作戦終盤までの成功は見えたと言っていいだろう。

オレの方でも環の会社の登記を変更する準備はできた。あとは念のため、似たケースで〈自己株〉へどのくらい効果があるかを検証しつつ、環の進捗《しんちょく》を見て適宜巻き取りを図ろう。

それらが全てうまくハマれば、試験クリアはそう難しくない――。

オレは床とテーブルの汚れを拭き終わり、真っ黒になったティッシュをゴミ箱に捨てる。それから、椅子の上に避けておいた資料とノートパソコンとを机の上に戻した。

その時ふと、つい今しがた会社《ウチ》のチームメンバーから上がってきた資料が目に入る。

オレが指示して作成を依頼しておいた〝対策案〟だ。

「……このまま何事もなくいきゃいいけど、な」

資料のタイトルは〝敵対勢力による妨害工作対策案〟。

副題は『予防ケースから最悪ケースまでの段階的対処方法』である。

——試験終了まで残り1カ月。

世間が長期休暇《ゴールデンウイーク》に入っても、俺たちの〝ビジネス〟は止まらない。

第四章　育英生選抜試験（中盤戦）—— His and Her Business Plans.

1 Interlude　宇室浩紀の〝勝ち方〟

—東京・渋谷〈Next Live,Inc. 本社オフィス・会議室〉—


時は5月初旬。とある日の13時。

パーティションによって複数のブースに区切られた、会議室の一角にて。


「——貴方が〈佐和野茜《さわのあかね》〉さんですね。どうぞ、おかけください」

「はいっ、失礼します！」


宇室《うむろ》は柔和なビジネススマイルを浮かべ、来訪者を出迎える。

緊張した面持ちで用意された椅子に腰掛ける佐和野茜——『アカネ先輩』は、華やかで品のある〈六本木Garden《仕事場》〉でのワンピース姿とは異なり、フォーマルなスーツに身を包んでいた。

まさしく、採用面接にやってきたという風体である。

「えっと、本日は、わざわざお時間をとっていただきありがとうございます！　まさか、社長直々《じきじき》に面接していただけるなんて……」

「はは、そう畏《かしこ》まらずとも結構ですよ。部下から話は聞いてます、美容系インフルエンサー〈AKANE〉さん。なんでも、界隈では知らぬ者なしの有名人だとか？」

「い、いえっ！　そんな、UMUさんに比べれば、私なんて本当に全然で……」

ひたすら恐縮し体を縮こまらせる茜。

宇室は笑顔の一枚下で冷ややかに様子を観察しながら言葉を紡《つむ》ぐ。

「そんなに緊張なさらなくても大丈夫ですよ。実のところですね、AKANEさんの採用はほぼ決まっているんです」

「えっ……ほんとですか⁉」

驚いた顔で、つい前のめりになる茜。

宇室は笑顔を崩さぬまま頷《うなず》く。

「SNS常時接続社会となった今、ファッション・美容を生業《なりわい》とするインフルエンサーは多い。単純なフォロワー数だけで言えば、貴方よりも一桁《けた》も二桁も多い方はたくさんいます」

「あ、は、はい……」

「ですが、『自分をよく魅せる』ことが得意な方はいても、『服をよく魅せる』ことに特化した方はそう多くない」

「……！」

「その点ＡＫＡＮＥさんは、常に服が映える撮り方を工夫されていた。それはまさしく、モデルとしてのプロ意識が成せる業だと思います」

「あっ……」

自分の想いが伝わっていた、とばかりに目を見開く茜《あかね》。

宇室《うむろ》は得意の口説によって、巧みに茜の心に入り込んでいく。

「そしてまさにそういう方こそ、これからブランドを広めていきたいと考えている我々が求めて止まない人材なのです。採用したいと思うのは必然でしょう？」

「っ……あ、ありがとうございますっ！」

目を輝かせ、深々と頭を下げた茜を見て、宇室はこの場における自らの〝勝ち〟を確信した。

「――ただ一つだけ。採用にあたり、条件があります」

そして即座にそう切り出し、本題に入ることにする。

「条件……ですか？」

茜は、はっと顔を上げ、緩《ゆる》めていた緊張を再び強める。

「我が社では、採用に際して情報提供をお願いすることがあるんです。例えば、ご自身の経歴であったり人間関係であったり……つまりは、採用者が真っ当な人材であるかを確認するための質疑応答にお答えいただきたいと、そういうことです」

「は、はぁ……」

「まぁ簡単な身辺調査だと思ってください」

宇室はにこりと笑ってそう言うと、手元にある履歴書に目を落とした。

「さて、お答えいただきたいのは、ここに記載されているあなたのご職場――この〈六本木Garden〉という会員制ラウンジのことです」

「……！」

茜がわずかにその肩を強張らせる。

「なんでも採用の担当がネットで調べたところ、全く情報が出てこないらしく。実在する店なのかどうかすらわからなかった、と」

「えっと、それは……お店がそういうコンセプトだからで。ネットに情報は一切載せないで、紹介でだけ教えてもらえる本格志向の会員制ラウンジというか」

無論、宇室もそんなことは承知の上である。

「確かに、そういうカテゴリの店があることは知っています。ですが……実態が全くわからない店というのは、少しばかり怖いんです」

「怖い……ですか？」

「よもや、表には出せないような違法性がある店ではないかと、そう疑ってしまうんですよ」

茜は、ぎょっ、とした顔になって声を荒らげる。

「違います！　うちのお店は危ない店じゃありません！」

「ええ、ええ、もちろん佐和野さんのお言葉は全面的に信じますよ。私の質問に正直に答えていただければ、それを真実としてこちらも理解します」

宇室《うむろ》は己の発言にさりげなく保険を入れることも忘れない。そう言っておけば、最悪何か問題が起こった時に発言者に責任を押し付けられるからだ。

茜《あかね》は狼狽《うろた》えた様子で言葉を詰まらせる。

「で、でも……お店のことは、無関係な人に話しちゃいけないって決まりが……」

「お気持ちは理解します。ですがこちらとしても、何もお話しいただけない状況では採用のリスクを考えなければならず……しかもそれが、ブランドの顔ともなる人物だとすれば、なおさら慎重にならざるを得ない」

「……っ」

「ですので、非常に心苦しいのですが――」

宇室はデスクに肘《ひじ》をつき、重苦しい表情を作って言う。

「何もお答えいただけないというのなら、この話はなかったことにお願いします」

「そ、それはっ……」

茜は、ぎゅっ、と膝《ひざ》の上に置いた両手を握り締める。

宇室はその反応を見逃さない。そこで一気に畳みかけるべく言葉を重ねる。

「もちろん、お聞きした話は社外には漏らしませんし、文面にも残しません。まぁ法に違反するような内容となれば話は別ですが、それはないというお話ですしね」

「……」

「そして、いかなる場合でも『佐和野《さわの》さんから聞いた』などと公言することは絶対にありません。情報提供者の秘匿《ひとく》を徹底してきたことは、〈ライバー革命家ＵＭＵ〉時代の私をご存知であればおわかりでしょう？」

「…………」

「それに、ここまでの好条件を出せるアパレルブランドは他にないと思っていただいた方がよろしい。アパレル事業を始めたばかりの弊社、しかも事業拡大を始めようと思っている今この瞬間だからこそ出せる条件ですからね」

「…………っ」

　さて――。

　最後のひと押しといこう。

「あなたにとって最も優先すべきものは何か――よくお考えになってお決めください」

　宇室のその言葉を噛《か》み締めるように茜は俯《うつむ》いて、その拳に強く力を込める。

――この状況、口では自由に決めろと言いながらも、実質選択肢は一つしかない。
これでこの場における勝敗は決した。
無論〝勝った〟のは宇室《うむろ》であり〝負けた〟のは茜《あかね》。
そして〝勝ち組〟とは――。

「――……」

茜は、顔を伏せたまま黙り込み。
そして、しばらくの後、覚悟を決めたように唇をきゅっと噛《か》み、絞り出すような声で。

「――……話します。何から、お伝えすればいいですか……？」

〝勝ち組〟とは『自分が全てを決められる者』のことを言うのだ。

宇室はにやりと笑い、やはり自分は間違っていないという確信を強めた。

×　×　×

「――ふん。蓋《ふた》を開けてみればこの程度か〈成功請負人〉」

一人、社長室に戻った宇室は、つまらなげにそう言い捨てる。

テーブルの上には茜の履歴書。そして、真琴成《まことせい》と環伊那《たまきいな》の動向とをつぶさに記した調査資料があった。

そう――。

彼はついに、真琴成の目論見を看破したのだ。

「真琴成《あのガキ》の目的は――環の会社の『資本金の増資』だ」

間違いない。

それが真琴成の打った、試験合格に向けた〝不可能を可能にする一手〟だろう。

宇室は配信者《ライバー》時代のように独白を漏らしつつ、思考をまとめていく。

「真琴は環を会員制ラウンジに潜り込ませ、そこで富裕層とのコネを作らせている。そして物好きな金持ちを言葉巧みにたぶらかし、出資を引き出そうという魂胆だ」

だからこそ、高級会員制ラウンジ。だからこそ、名のある経営者ばかりが集《つど》う〈六本木Garden〉という最適解。

「環《たまき》の会社は資本金1円、業務実態なしのペーパー企業。真っ当な資本家なら見向きもしない」

だが、逆を言えば。

「そんな会社が一夜にして資本金の何万倍何億倍もの資金調達に成功したとなれば、それは経営者の才能が第三者から高く評価されたということになる。さらに株主が名のある経営者ともなれば、出資金の額以上に信頼に箔《はく》がつく」

確かにその方法ならば、なんら実業を行わずとも〈自己株〉の〝価値〟を高めることができるだろう。未経験の新米経営者である環が成し遂げられる、唯一の『事業活動《ビジネス》らしい事業活動《ビジネス》』と言ってもいい。

すなわち、真琴《まこと》が考えた事業戦略《ビジネスプラン》とは――。

「馴《な》れ合いを〝価値〟に変える戦略。

さながら『友人知人《コネ》を売って金を得るやり方』とでも言うべきだな」

嘲《あざけ》るようにそう結論づけてから、宇室《うむろ》はさらに考える。

ここまで己の〈自己株〉の推移は良好。アパレル・コスメ事業の拡大戦略を打ち出したことにより、今や時価総額70億を超え、順位は『22位』というところにまで辿《たど》り着いた。

さらに虎の子の新事業『インフルエンサー・バー』の発表会をも控えており、それで大幅に〝価値〟を上積みできることは確定的だ。他の候補生も仕掛け始めるタイミングではあるが、掴《つか》んでいる情報では、自社の新事業《それ》に匹敵するインパクトをもたらすものはない。

社内の試験対策チームが弾き出した最悪の試算であってもなお、余裕をもって〝勝てる〟状況。もはや合格は確定的と言ってよかった。

だが、しかし――。

「――ライバルは一人でも少ない方がいい。考えるまでもなく当たり前のことだ」

削れるのならば削る。落とせるのならば落とす。

それが己よりも上位にいる者なら、それほど効果的なことはないのだ。

「真琴《ヤツ》が前提としているのは、〈六本木 Garden〉に対する客からの信用。そしてそこで働くキャストに対する信用だ」

世間から存在を秘匿《ひとく》された都会の密室、キャストの質の高さによって保証される秘密。

ならば、その前提を壊す。

店の信用を毀損し、キャストの評判を貶《おとし》める。

そうすれば必然、同じキャストである環に対する信頼をも奪えるだろう。そうすれば投資を躊躇《ためら》う富裕層《金ヅル》は増え、真琴の事業戦略《ビジネスプラン》に大きな痛手を与えることができる。

そして、それを実現するための手段を、宇室《うむろ》は当たり前に持っている。
なら当然、やることは決まっていた。

「ヤツに教えてやろう——敵を相手にした時の、俺のやり方をな」

全ては〝勝つ〟ため。
そう、絶対的な〝勝ち組〟となって——。
己の存在を〝世界《ひとびと》〟に認めさせるために。

2 Side：真琴成 まんざら嫌な気分じゃない

—東京・六本木〈椿家珈琲《つばきやコーヒー》 六本木茶房〉—

「——以上が他の候補者の動向だ。まぁ総じて予想通りに推移してるってコトで、過度に気にする必要はねーな」

「わかりました！　何から何までありがとうございます！」

ははー、と大袈裟《おおげさ》にひれ伏す環《たまき》を流し目で見て、オレはコーヒーを口に運ぶ。


――5月15日、17時。

オレと環は〈六本木 Garden〉近くのカフェで、作戦会議がてら遅めの昼食をとっていた。

昭和レトロな内装の店内はしっとり静かな空気に包まれている。家からも駅からも近く、大手チェーンのコーヒーショップと比べて落ち着いて利用できることから、時折利用してる店だった。

今も客は離れた場所に数人だけ。誰かに話を聞かれる心配はなく、コンプラ対策も完璧だ。

「このタイミングで株式上場《IPO》を仕掛けたヤツがいたのには流石《さすが》に驚いたが、いかんせん急拵《きゅうごしら》えで隙が多い。そこをしっかり試験官《とうしか》に見抜かれて、さほど効果は出ずに終わった感じだな」

「はえー、ちゃんと細かくチェックしてるんだねぇ」

ハヤシライスの皿を下げにきた店員に「ご馳走様でした！」と声をかける環。

――試験期間は残すところ2週間と少し。

候補生たちが続々と実績アピールを始めたことで、〈自己株〉市場はだいぶ変化が見られるようになってきた。なかでも、15～30位くらいの合格ギリギリのゾーンでは入れ替わりが激しい印象だ。

ちなみに環《たまき》の順位は最低となり100位。オレの順位は3つ下がって10位だ。どちらも未だに実績らしい実績を示していないことで、他の候補者たちに抜かされた格好だった。

特にオレの場合、元の順位が高いということは、試験官《とうしか》の期待も高いということ。その期待に応えられるだけの成果が示されなければ、失望感でガクンと順位が下がるという展開は十分考えられる。

ちょうど〝対策〟の準備も整ったところだし、オレたちもそろそろ動く頃合いだな。

「……ところで、前に依頼した件はどうなってる？」

「おっ、写真かい？」

食後のコーヒーでほっこりしていた環は「ちょっと待ってねー」とスマホを取り出し、操作を始める。

オレは戦略《プラン》の一環として、店で〝友達〟になった人物と写真を撮るように依頼《オーダー》を出していた。

秘匿《ひとく》空間である会員制ラウンジという場所柄、世間の目から離れたいというニーズを持った利用客という性質上、通常キャストとの写真撮影は敬遠される。万が一、ネットにでも流出したらトラブルの火種になりかねないからだ。

逆に考えれば、写真《それ》を許すというのはよほどのこと。「環のお願いなら聞いてもいいか」と思えるほど、良好な関係を築けていることの証明になる。

要は、環の作った〝友達《じんみゃく》〟との信頼関係の強さを可視化するべく考えた方策だった。

「ちなみに何人くらい集まった？」

オレはスマホをすいすいフリックしている環に尋ねる。

最低でも2、3人。5人もいれば、だいぶ成功確率が上がる。二桁《ふたけた》いれば御の字だ。

環は顔を上げ、サラリと言う。

「だいたい100人くらいだよ！」

「ハッ……？」

……待て。

桁が、一つ多い。

「イヤ、おい……いくらなんでも、そうはならねーだろ。ホントにそれ店の客か？」

「あ、ちょっとキャストの人もいる！　アカネ先輩とか！」

「……とにかく見せてみろ」

「あっ、はい！　どうぞ！」

そう威勢よく答え、スマホをこちらに差し出してくる環。

オレはそれを受け取って『友達アルバム』と書かれたフォルダの中をスライドさせていく。

……。

………………。

これは……確かに。

「………まぁ、なんつーか、上出来だ」

「えへへっ。頑張りました！」

むしろ上出来すぎて、そもそもの仮定が間違ってたような気がしてならねーけどな……。

オレは若干引きながら、照れたように笑う環《たまき》にスマホを返す。

「本当にみんなめっちゃいい人ばっかりなんだよ！　カシワギさんは若い人のためにボランティアでいろんなこと教えてるっていうし、日本離島運送のシラトリさんは今度島に遊びにきてくれるっていうし、他にも――」

「あー、わかったわかった。細かい話はまた今度聞いてやる」

環の解像度で一人一人の話を聞いてたら日が暮れちまう。

オレはコーヒーを飲みながら考える。

……なんにせよ、これだけ数があれば十分だ。

名のある経営者なら顔を見ればわかる。環が集めた写真の中から、最も人脈《コネ》として有力そうな人物をピックアップして、個別に交渉に移ろう。

無論その内容は、環の会社に対する出資交渉だ。

「……よし、今日はオレも一緒に店に行く。徳永《とくなが》社長と話したい」

「おおっ！　きてきてー！　めっちゃおもてなしするよっ！」

「客じゃねーっての。つーか、あわよくばシャンパン入れさせようって魂胆《ハラ》じゃねーよな」

「とりあえずドン・ペルにしときますねっ！」

「さらっと最高級品をチョイスすんな。しかも飲めねー酒を頼ませて他の客に配らせるつもりだな？」

あははっ、と笑って、環はぺろりと舌を出す。

ったく、すっかり店に馴染《なじ》みやがって……。

ハッピー面《ヅラ》の環をしっしと追い払うように手を振って、オレは伝票に手を伸ばす。

すると――。

「あっ、待って！　今日はミーが出すよ！　この前のお返し！」

と、伝票をぱっと奪い取って、自分の財布を取り出し始める環。

なんだよ、いったいどういうつもりだ？

「……アンタ、そんな余裕あんのかよ？　ついこの間『塩おにぎりおいしい』とか言ってたじゃねーか」

「ふふーん、ちょうど今日がお給料日なので、今はけっこうお金持ちです！」

なんと半年分のお家賃が払えちゃいます！　と、ドヤ顔で胸を張る環。

あぁそーか、社長んとこは月払いだったか……にしても、いまいちスケールがわからねー例えだな。

「それにちゃんとけーひに付けるのでお気になさらず！」

「処理の仕方もわかってねーのによく言うわ」

まぁ、払いたいってんなら別に止めるようなことでもないか……。

そんなこんなで、環《たまき》はノリノリでレジへと向かっていき、オレも一足遅れてその後に続く。

「店員さん、ご馳走様でした！　めっちゃおいしかったです！」

「あはは、ありがとうございます。それではお会計が――」

「あっ、すいません！　えっと、食後に出たコーヒーの豆ってどれですか？」

すると環は、レジ横に陳列されている豆の袋を見ながら不意に尋ねた。

「それでしたら、こちらの椿家プレミアムブレンドなります」

「じゃあそれもくださいな！」

へぇ……なんだよ、環も豆から淹れるタイプだったのか？　なかなかいいシュミしてるじゃねーか。

そういや、小笠原は国産コーヒーで有名だったな。あんだけ島が好き好き言ってるんだし、特産品に詳しくても不思議じゃねー。

小笠原コーヒーは試したことねーし、今度頼んで取り寄せてもらおうか――とかなんとか思いながら待っていると、豆の入った包みを受け取り、会計を終えた環がやってくる。

と、そこで――。

「はいこれ、成くんにプレゼント！」

「……、ハ？」

何を思ったか、オレにその包みを差し出してきた。

「成《せい》くん、コーヒー好きだよね！　だからはい！」

「……イヤ、待て。ちょっと待て」

何の突拍子もない行動に思考が追いつかず、思わず眉《まゆ》を顰《ひそ》める。

「つか、いつオレがコーヒー好きなだんて言った……？」

「ううん、言ってはないよ！　でも成くん、いつもコーヒー飲んでる時すっごい幸せそうに笑ってるから、きっとそうなんだろうなって！」

「げほっ、げほっ」

とかなんとかニコニコ笑顔で言われてしまい、思わず咳払《せきばら》いをしてしまう。

……くそ、マジか。毎度そんな小っ恥ずかしいツラしてたのかよ、オレ。

無意識の自分を指摘されたのがなんとなく落ち着かず、オレは鼻を擦《こす》りながら無軌道に口を開く。

「それにその、なんだ……突然プレゼントとか、いったいどういう風の吹き回しだ？　言っとくが、賄賂《わいろ》なんか貰《もら》っても出世払い《コンサル料》は負からねーぞ」

「あはは、違う違う！」

ないない、と手を振ってから、オレの目をじっと見る環《たまき》。

「ほら、出世払いはまだまだ当分できそうにないからさ。だからせめて、いつもありがとうの気持ちを伝えたいな、って思って」

「……」

「いわゆる『しょにんきゅーでごちそう』ってヤツです！　だから遠慮なくどーぞ！」

そう言って、ずいっ、と胸に袋を押し付けてきた。

店名の入った紙袋がガサガサと音を立て、わずかに開いた口からふわりとフルーティな豆の香りが漂ってくる。

そして、環は――。

「――いつもお疲れさま、成《せい》くん。それでちょっとだけでも幸せになってね」

ふわり、と。

太陽の日差しを思わせる柔らかさで、笑った。

……。

――……くそ、なんだよ。

いったいどう反応すりゃいいってんだ、ちくしょう。

オレは戸惑いがちにその包みに手を伸ばし、片手でカサリと掴《つか》んだ。

「ハン……まぁ、その……アレだ。とりあえず……貰《もら》っとく」

「どうぞどうぞ！」

その笑顔にむず痒《がゆ》い気持ちを覚えながら包みを受け取ると、環は満足そうに頷《うなず》く。

「よーし、じゃあ今日もお仕事がんばろー！」

おー！　と楽しげに店の外へと出ていく環の背をぼーっと見送ってから、オレは紙袋に視線を落とした。

「……ち」

本当に、アイツは……恥ばっかりかかせやがって、チクショウめ。

「こちとらプレゼントなんてもん、ろくに貰った経験《ためし》がねーんだよ……アホ」

しかもそれが、まんざら嫌な気分でもない自分がいることに気づき、オレは髪をぐしゃぐしゃと乱して意識を散らす。

それから、コーヒー豆の袋をバッグにぐしゃりと押し込もうとして――。

なるべく包装が崩れないように、そっと入れ直した。

3 Side:環伊那 トラブル発生

―東京・六本木〈六本木 Garden〉―

それから営業開始時間の午後6時になって、ミーはいつも通りシフトに入りました。一緒にやってきた成《せい》くんは事務所の方で銀ちゃんママとお話し中。ミーは今のところ関係ないってことなので、普通にお店で仕事です。

「イナ、ごめん。ちょっと8卓につかなきゃだから、カシワギさんのご案内お願い」

「あっ、はーい！」

アカネ先輩にそう頼まれて、ミーは入り口で服についた埃《ほこり》を落としていたカシワギさんの元へ向かう。

「カシワギさん、いらっしゃいませー！　今日はちょっと早いですね！」

「ああ、こんばんはイナちゃん。今日は仕事が早くに終わってね。とりあえず私のボトルを貰《もら》えるかい？」

「了解です！　お席どうぞー！」

カシワギさんをいつもの3卓にご案内してから、ミーはバーカウンターに山咲のボトルをオーダーしに戻る。

まだ開店したばかりなのもあって、お店は8割くらいが空席だ。いるのもカシワギさんみたいな常連さんだけだから、店内はシンと落ち着いた雰囲気に包まれている。

「――！　……！」

……って、あれ？

再び入り口近くを通りかかった時、外から人の話し声のようなくぐもった音に気づいた。お店の入り口は、周りがコンクリートで囲まれてて音が反響するから、そこで話していると中まで聞こえることがあるのだ。

新しいお客さんかな？　受付《フロア》の担当さんは席を外してるみたいだし、ちょっと様子を見に行ってみよう。

そう決めて、ミーは入り口の自動ドアの前に立つ。

うぃーん、と静かに開いたドアの先には、紫色の髪をしたパーカ姿の男の人。初めて見るお客さんだ。

「いらっしゃいま――」

「じゃあこっから本番。3、2、1――」

と、ミーが声をかけようとした直後。

「――ハロー、エブリワン！　突撃取材系ライバー・ドンキシャでぇす！」

えっ……？

お客さんは急に大きな声で、伸ばした棒――自撮り棒につけたスマホに向けて話し始めた。

「ここがウワサの超・大富豪限定夜の隠れ家、高級会員制ラウンジ〈六本木 Garden〉だぁ！」

えっ、えっ？

さ、撮影？　どういうことかい？

だってうちのお店って、そういうことはしちゃダメなハズじゃ――。

「そしてドンキシャは、この都会の密室で数億円規模のヤバい商談が行われるという情報をキャッチした！　今からおれっちが日本社会の闇を暴く！」

ど、どうしよう、止めた方がいいのかな……？　それともママを呼びに行く？　えっとえっと……。

ミーがあわあわ戸惑っていると、くるりとそのお客さんが振り返って、パチと目が合った。

「おおっ、オネーサン！　お店の人!?」

「えっ？　あっ、はいっ！」

「ヒュー、かわいいね！　さすがの超高級店、女の子のレベルからして超一流だった！」

「えっ……あ、あのっ」

「あーこれ今、生配信中ね！　それじゃー、失礼しまーす！」

「あっ、お客さんっ！」

ミーは、するーっと中に入ろうとしたお客さんの腕を咄嗟《とっさ》に掴《つか》んで止める。

「ちょ、ちょっと待ってください！　えっと、お店に入るには紹介状か、既会員のお客さんの同伴が必要で――」

「まぁまぁ、ちょっとくらいイイじゃん！　ちらっと見るだけ、ね！」

「わ、わわっ！　ま、待ってくださいーー！」

進む勢いで振り解《ほど》かれそうになったミーは、慌てて両手で腕を掴み直してぐいっと引っ張る。

そのせいか、お客さんは手を滑らせて自撮り棒を落とそうになってしまい「うわっとと！」とギリギリでそれを掴み直した。

「あっ、ご、ごめんなさ――」

「ちょいちょいちょい、お姉さん急に何すんの⁉　あぶねー、営業妨害だよ営業妨害‼」

「え、えいぎょーぼうがい？　あのえっと、とにかくまずは紹介状を――」

「ほら離して！　撮影の邪魔すんなっ！」

「す、すとーっぷ！　ま、まずは落ち着いてくださいっ！」

「落ち着いてるっつーの！　おら離せって……！」

「離しませんっ！　それに、あんまり大きな声を出すのは他のお客さんのご迷惑に――」

「ああもう、うっぜぇな！　どけって言ってんだろっ！」

ぐわっ、と勢いよく腕を振り解《ほど》かれてしまって、ミーはその力に耐えきれず、ぐらりと体が後ろに倒れそうになる。

わっ、わっ、わっ……！

転っ――。


「――ったく。あぶねーな、オイ」

「ほわっ？」


トン――と。

倒れかかっていた体が、途中で止まった。

背中には、人の体の感触。両肩には、優しく手が添えられている。

ほっ、と一息ついたミーが、ゆっくり顔を見上げると――。

「成《せい》くん……？」

「……緊急時だからな。だからこれはセクハラじゃねー」

成《せい》くんはパッとミーの肩を掴《つか》んでいた手を離すと、なんだか不機嫌そうな顔でもにょもにょとそう言った。

「……ちょっとちょっとちょっと、あんたここの偉い人?」

と、苛立《いらだ》たしそうな顔のまま、お客さんが成くんを見る。

成くんは、ずいっとミーとお客さんとの間に入ると、クールなトーンで言う。

「いいえ、違います。もしお店の方にご用事でしたら――」

言いながら、ミーに向けて横にずれるように、って感じのジェスチャーをする成くん。

それに従って、ススス と退いていくと、入り口のドアの向こうにおっきな影が見えた。

ウィーンと静かにドアが開くと、そこには――。

「あちらの方とお話しください」

――ずいっ、と。

おっきな体を揺らしながら、銀ちゃんママがやってきていた。

「――」

「お……お、おいおいおいっ!」

ママを見たお客さんは顔をヒクッとさせて2、3歩後ろに下がり、すぐにハッとした様子でカメラに向かって話しかけ始める。

「み、みんな見てくれっ! 反社だ! ガチのケツモチってやつですよーこれっ!」

「……………」

「あっ、こ、これ！　今コレ！　配信してるんで！　なんかヤベーことあったらそっこーリスナーが警察呼んでくれるんでーっ！」

上ずった声で叫ぶお客さんをスルーして、銀ちゃんママは無言でズンズン近づいていく。

「お、おい……聞いてんのかよアンタ！　ガチで今これ全世界に配信されて――」

「当店は」

ズン、と腹の底に響くような声で、ママは話し始めた。

「会員様と、ご招待客様のみのご利用とさせていただいております。申し訳ありませんが、そのいずれでもないお客様はご遠慮いただいております」

お、おおぅ……。

ママ、口調はものすごく丁寧だけど、全然感情がこもってない……。

「紹介状をお見せいただけますか？」

「……そ、そ、そうやって脅しても無駄っすよ！　こっちはね、正義の報道マンなんだから！」

「紹介状をお見せいただけますか？」

「あーっ！　それともガチのマジで隠したいような闇が今まさにこの先で――」

「紹介状をお見せいただけますか？」

全く同じトーン、全く同じセリフを繰り返すママは、まるで機械みたいだった。

普段をよく知ってるミーでさえ「ひぇっ」ってなっちゃうような冷たい口ぶりに、そのお客さんはまた一歩後ずさる。

「い、い、いや、だから――」

「お見せいただけないのであれば」

そう言ってママは、きっちり90度で頭を下げる。

「申し訳ありませんが、お引き取りください」

「……そ、その……」

「お引き取りください」

「…………え、えー」

「お引き取りください――これで3度目」

そうハッキリと言ってからママは頭を上げ、ずずいっ、と突然、お客さんの目と鼻の先まで一気にその顔を近づけた。

そして――。


「これ以上の滞在は、不退去罪が成立します。さて――お迎えは、必要ですか?」

ニ、ヤァ――と。

すっごくステキなスマイルで、そう言ったのだった。

「ひ、ヒェ……っ！」

真っ青を通り越して真っ白な顔になったお客さんは、振り返るなりダッシュで階段を駆け上がって行ってしまった。

それを見送ったママはカチャリとサングラスを直しながら言う。

「もう、人の顔見て逃げるとか失礼しちゃうわ。久々のパーフェクトスマイルだったのに」

「イヤ、アレで逃げねーやつはいねーだろ……」

「ホホホ」

ママは呆《あき》れ顔の成《せい》くんにいつもの調子で笑って返し、それからミーの方へ顔を向けた。

「怪我《けが》はない、イナ？」

「あ、は、はいっ！　ミーは全然よゆーです！」

「それならよかったわ。店内《なか》まで入れないでくれてありがとう」

「いえっ！　とにかく他のお客さんに迷惑かけちゃダメだよねって思って、そこだけはめっちゃ頑張りました！」

するとママは、いつもより優しい顔で、ふっと笑った。

「いいわね、そのプロ根性。大事になさい。ただ絶対に無理だけはするんじゃないわよ」

「……っ、はい！」

そんなやりとりがあった後で、成《せい》くんは不意に「……ふむ」と考え込むようなそぶりを見せてからママに向き直る。

「……今回の件。何か心当たりはあるか？」

「さぁ、ね。ここのところご新規が多かったからかしら……」

お客様に完全な口止めはできないもの、とママは困り顔でため息をつく。

「――……」

成くんは再び黙り込み、顎《あご》に手を置いて考え込む。

その顔は――。

「……成くん？」

「――」

なんだか厳しい顔に、見えた。

「――大丈夫かい、ママ？」

「……！　これは、カシワギ様――」

……と。

そうこうしていると、店の中から心配そうな顔をしたカシワギさんがやってきた。

ママはさっ、とサングラスを外して、深々と頭を下げる。

「お楽しみのところ、大変失礼いたしました。本日のお代は結構です」

「はは、そんなことは気にしなくても大丈夫だよ」

カシワギさんは手を振りながらそう言って、「それにしても——」と続ける。

「最近は、ああいう人が本当に多くなったねぇ……なんでもかんでも配信して騒ぎ立てる、というような」

……そっか。

カシワギさんにも、見られちゃったんだ。

「我が身を顧みない無茶な行動も、他人様の迷惑も、全部娯楽として消費されるのが今の社会なんだろうね。確かに刺激的なのだろうけど、その先には果たして、安息はあるんだろうか」

カシワギさんは、どこか遠くを見るように目を細めて言う。

「若い人なら適応できるのかもしれないが……私のような老いぼれは、少し疲れてしまうよ」

「カシワギさん……」

そう苦笑しながら語るカシワギさんは、なんだか居場所をなくしてしまったように寂しそうで、釣られてミーまで悲しくなってしまう。

……あぁ、そっか。

だからカシワギさんは、そういう世間から身を置いて、静かに過ごせるうちのお店を大事に思ってくれてたんだ。

それがさっきのことでまた一つ、居場所を失った気分になって……。

それで、そんなに寂しそうなんだ。

「……なんであの人は、お店のこと知ってたのかな……」

ミーがそうぽつりと呟《つぶや》いたところで、成《せい》くんがすっと顔を上げた。

「——環《たまき》。ヤツは、自分のことをなんて言ってた？」

「え……？」

「名乗りでも決め台詞《ぜりふ》でもなんでもいい。覚えてんだろ、アンタなら」

「え、えっと……」

その語気がいつもより強くって、ミーは戸惑いながら答える。

「確か、突撃取材系ライバーのドンキシャとかって……？」

「……なるほど」

そして「チッ……」と忌々《ゆゆ》しげに舌打ちをして、成くんは。

「宇室だ」

「えっ……」

「ヤツの事務所に所属していたライバーに、確かそんな名前のヤツがいた。微妙に名義を変えてるが、おそらく同一人物だ」

「ど、どういうことかい……？」

厳しい顔のまま、成くんは独《ひと》り言のように――。

「まさか、本当に最悪ケース、を打ってきやがるとはな――それでも経営者《ビジネスパーソン》かよ、クソが」

ミーがよくわからずにキョロキョロと成くんとママを見比べていると、ふと、カシワギさんの後ろに呆然《ぼうぜん》と立っている人影に気づく。

え――。

「……アカネ先輩？」

それは、真っ青な顔をしてる、アカネ先輩だった。

×　　×　　×

「――そう。そういうことだったの」

ぎしり、と椅子の背もたれに体を預け、銀ちゃんママは深くため息をついた。

いつまでも入り口にいるわけにもいかなくて、事務所に移動したミーたち。

いるのはミーと成《せい》くん、銀ちゃんママ――。

そして、全部を語り終えたアカネ先輩が、俯《うつむ》いたまま椅子に座っていた。

「成ちゃんが危惧してた通りになっちゃったわね。まさか、今日言われて今日起こるとは思わなかったけど」

「……悪い。オレの動きが一歩遅かった」

成くんが悔しさを滲《にじ》ませた声で言う。

なんでも、成くんが今日店にやってきたのは、こういうトラブルが起こるかもしれないと注意するためでもあったらしい。

これからミーたちも、実績をアピールしていく段階に入る。でもそうすると、成くんがどういうやり方で戦おうとしてるのかが見抜かれやすくなるとかで、宇室《うむろ》さんや他のライバルたちが邪魔してやろう、って動いてくるかもしれないと思ってたんだそうだ。

だけど、そんな成くんの予想よりもずっと早くに宇室さんが動いてたとかで、今のこの状況になってしまったんだとか……。

「おそらくだが、ヤツは最初からオレと環《たまき》の行動を監視してた。そんで環がこの店で働いてることを突き止めた上で、じっくり水面下で情報を集め、いよいよオレの作戦を看破したと見たところで妨害に出た――と、そんなとこだろう」

「か、監視って……そんなことできるのかい……？」

「腐っても暴露系ライバーの頂点だった男だからな……探偵でも雇ったか、それとも独自のネットワークでもあるのか。いずれにせよ、この手の情報収集は十八番《オハコ》だった、ってことだ」

成くんは切り替えるように、淡々とした調子で話す。

「ひとまず配信のアーカイブは違法行為を理由に取り下げを申請しておく。宇室《プロ》が絡んでる以上それで拡散が止まるとも思えねーが、やらねーよかマシだ」

「どのみち問題は、お客様の信頼の回復の方ね」

ママは苦々しげな顔で言う。

「こんなことがあった以上、ウチの一番の売りだった『秘匿性《ひとく》』が疑われることになる。元々そこに価値を感じてくださってるお客様が多かったわけだし……現に会員をお辞めになられた方もいらっしゃったわ」

「ごめんなさいっ……！　わ、私が、ルールを破ったばっかりに……っ」

罪悪感に耐えきれなかったのか、アカネ先輩はそう叫ぶと両手で顔を覆った。

「……過ぎたことは仕方ないわ。その状況に置かれた時のアナタの気持ちだってわかる」

そう言ってからママはサングラスを掛け直し、重々しい口調で言う。

「でもアカネ。秘密を守れないキャストは、お客様の前に立つことは許されない——それは理解してるわね？」

「……っ」

「アカネ先輩……」

ミーは震《ふる》える両肩に、そっと手を乗せる。

……きっと今、アカネ先輩が、いちばん辛い。

モデルの夢を叶《かな》えるためには、お店のルールを破るしかなくて。それでお店に、ママに、カシワギさんたちお客さんに、迷惑をかけちゃうことになって。そして肝心の夢さえも叶うのかわからない状態で、お店にもいられなくなっちゃいそうで……。

真面目《まじめ》で、お仕事に一生懸命で、叶えたい夢にひたむきだったアカネ先輩にとって、今のこの状況はすごく堪《こた》えるに違いなかった。

そして、たぶん——。

こんなことになってしまった、そもそもの原因は。

「……ねえ、成《せい》くん。これって、ミーのせいかい……？」

「ハ……？」

「ミーがお店で働いてなかったら……こんなことにはならなかったんじゃないかい？」

だってアカネ先輩も、ママも、お客さんも……ミーの試験に巻き込まれちゃっただけだから。

そもそもミーがいなければ、みんなに辛い思いをさせちゃうことはなかったはずで――。

「違う」

と、そんなミーの思考を遮《さえぎ》るように、成くんはキッと目を吊り上げて言った。

「発案者はオレだ。だから責任は全てオレにある。ヤツをビジネスパーソンとして過大評価していたことも含めてな」

成くんはぎゅっと拳を握りしめ、ママたちの方に向き直り、腰を折る。

「重ねて申し訳ない。逸失利益《いっしつりえき》はオレの方で補填《ほてん》しよう。これ以上のトラブル拡大も止める」

「成ちゃん……黒幕相手に訴訟でも起こすつもり？」

成くんは「いいや」と答え、きゅっとネクタイを締め直し、両手で乱れた髪を掻《か》きあげる。

「宇室《ヤツ》のことだ。今回の一件に関与したって立証できるような証拠は残してねーだろう。限りなくグレーだったとしても黒じゃなきゃいい、ってのがこれまでのやり口だしな」

「じ、じゃあ、どうするのかい……？」

なんだか……成くんの声が、いつもより硬い。

覚悟を決めた、って感じに。

「おそらくヤツは、自分はもう合格圏にいると油断している。どんな状況になっても十分勝てると踏んだからこそ、こちらの妨害に出ることにしたんだろう」

「う、うん……」

「だが、こんなライバー時代みてーな素人のやり口で、ビジネスにも〝勝てる〟と思ったら大間違いだ」

成《せい》くんは瞳の奥に怒りの色を滲《にじ》ませながら、スマホを取り出す。

「……残念だよ、宇室《うむろ》」

そうして、それを耳に当てると――。

「ここで終わりだ。

――アンタの言う〝ビジネス〟が、ただのお遊びだってことを、教えてやる」

4 Interlude 宇室浩紀の〝勝ち方〟

―東京・渋谷〈Next Live.Inc. 本社オフィス・社長室〉―

「ふははは っ! こうも綺麗《きれい》にハマるとはな!」

新事業のオンライン発表会を無事に終え、上機嫌で社長室に戻った宇室は、『有名経営者の闇を暴く！　秘密の店で行われるマル秘商談電撃凸配信』と銘打たれた動画のアーカイブを見てさらに気分をよくする。

「動画は外部の切り抜き部隊に回せ。反応が悪ければ、佐和野茜の発言を録音したものを内部告発という形で流出させろ。無論、うちが出どころだとはわからんように加工してな」

すかさず追撃の手を打つべく、傍の秘書に指示を飛ばす宇室。

いつぞや銀座のキャバ嬢が内部事情の暴露をした時とやり方は同じだ。ここまでやれば確実に〈六本木Garden〉の信用は地に落ちるだろう。

「もし真琴《まこと》が訴訟《はんげき》を仕掛けてきたらいくらでも応じてやれ。どうせヤツに勝ち目はない」

秘書は頷《うなず》いて、部屋を出ていく。

宇室とて、伊達に暴露系ライバーをやってきたわけではない。その手の訴訟は慣れたものだし、乗り切れるだけの自信《ノウハウ》もある。

そもそも試験期間中に判決が出るわけもない以上、無駄な足掻《あが》きで終わるだけだ。

「悪く思わないでくださいねぇ、佐和野《さわの》さん。あなたが私に〝負けた〟から悪いんですよ」

宇室はライバー時代に戻ったような気分で、一人画面へと語りかける。

「そもそも私は何も嘘《うそ》はついていない。約束通り、あなたの発言は文面には残していないし、社内の人間以外にも伝えてはいない。たまたま音声が監視カメラに残っていたのと、偶然社内にいた他所の人間が聞いていただけだ」

会議室のカメラは、動画撮影にも使用できる集音マイク付きの高性能品。そして他所の人間とは当然、特撃取材系ライバー・ドンキシャである。

ドンキシャは宇室《うむろ》の事務所に所属していた当時から金と名誉とに貪欲《どんよく》で、配信ネタと見れば分別なく行動することから除名処分となった経歴があった。

宇室はその性格を利用すべく、案件の依頼という体《てい》で呼び出し、あえて声が漏れ聞こえる会議室の隣のブースで待機させていたのである。

結果ドンキシャは『都会の密室〈六本木 Garden〉への突撃生配信』という行動に出るに至り、今のこの顚末《てんまつ》を招いたのだった。

「無論、佐和野《さわの》さんの雇用についても本当です。ええ、きちんと条件通りに雇いましょう――まぁ、雇った後にどうなるかまでは保証していませんけどねぇ」

くつくつ、とひとしきり笑ってから、宇室は自らのスマホを取り出した。

「これで俺の〝勝ち〟だ――真琴成《まことせい》」

環《たまき》は経営素人で、真琴の操り人形。この状況をひっくり返せるはずもない。

そして緻密に練ったであろう戦略を潰《つぶ》されたお前は実績を残せなくなり、ＷＢＦを去ることになるだろう。

俺が〝ビジネス〟でも問題なく〝勝てる〟と証明してくれたこと――感謝する。

そう自らの〝勝利〟を確信した宇室は、〈自己株アプリ〉を起動する。

新事業発表前に確認した時価総額は90億。順位は22位。

試験対策チームの試算によれば、今回の発表で時価総額１００億の大台を突破し、合格圏に入っているはず――。

だった、のだが。


「な……に？」


表示された〈自己株〉画面を見て、愕然《がくぜん》と目を見開いた。

すぐさま部屋を出て、試験対策チームの元へと向かう。

「おい、いったい何があった……!?」

フロアの一角に用意された試験対策ブース。

数人のメンバーからなる対策チームは、パソコン画面を前にざわざわとどよめいていた。

「し、ＣＥＯ……」

「なぜ俺の〈自己株〉が急落を始めてる!?」

スマホの画面を掲げ、血相を変えて問いただす宇室。

彼の〈自己株〉チャートには、急落を示す長大な陰線。時価総額は62億、順位は28位と一気に下降していたのだった。

「まさか、俺が妨害に関与した証拠でも出されたか……!?　絶対に物証だけは残すなと言ったはずだぞ!」

「ち、違います!　それについては万全です!」「というか、試験どころではなく……」「わ、我が社が……!」

「なに……っ!?」

宇室《うむろ》は苛立《いらだ》たしげに、動揺する部下のパソコンの画面を覗《のぞ》き見る。

「——な!?」

そして。

そこには——。

「会社《うち》の株の、株式公開買い付け《TOB》——会社の、買収工作だと……!?!?」
真琴成《まことせい》による〈Next Live,Inc.〉の、株式取得を示す公告が表示されていた。

5 Side:真琴成 〝ビジネス〟の勝ち方

―東京・六本木〈六本木ビルズレジデンス E2026〉―

「――ええ、ええ、はい。ではその条件で、残り5%分の株は譲渡いただけるということで。書面はまた後ほど」

カタカタ、カタカタ。

オレは自分のデスクでひっきりなしに電話を続けつつ、メールとメッセージとも駆使して手続きを進行させる。

「いつもお世話になっております、頭取《とうどり》。夜分に申し訳ありません……ええ、そうです、事前にお話ししておりました買収案件で……そうですね、1、0、0、100億の送金をお願いします。はい、はい……どうぞよろしくお願いいたします」

「……」

「Hi Mr. Hathaway, it has been a while. I am contacting you to let you know that we are ready to make an acquisition regarding the Japanese live streaming talent agencies we talked about earlier.」

「…………」

「Yes, thank you very much. See you soon. ――悪い環《たまき》、もう少し待っててくれ――ああ、オレだ。そっちはどうだ？」

所在なげにソファに座っている環に一声だけかけて、すぐさま仕事に戻る。

「……そうか、上出来だ。否決権《3分の1》を確保できるまでは評価額の倍まで出して構わねー。なんならシンガポール法人からも資金を……あ？　夜間対応手当てよこせ？　あー、わかったわかった、今度高級焼き肉奢《おご》ってやる」

オレはぶーたれてるチームメンバーからの通話を切った。

どいつもこいつも優秀なんだが、軒並みクセが強いのが玉に瑕なんだよな……。

「ねぇ、成《せい》くん――」

「ああすまん、ちょうど一区切りついた。今から説明する」

オレは、ふぅ、と一息ついて席を立ち、リビングに向かう。

「まずオレがさっきからやってんのは、宇室《うむろ》の会社〈Next Live,Inc.〉への買収工作――つまり会社の乗っ取りだ」

別名M&A。企業買収ともいわれる手法である。

「前にも話したが、株主ってのはその持ち株比率によって会社経営に関する権利が得られる。社長が好き放題に経営するには、単独の株主に3分の1は握らせちゃいけねーってヤツな」

株の3分の1があれば、会社の経営方針を決める株主総会《かいぎ》で議題の否決件を行使できる。

だから経営の安定性を確保したきゃ、３分の１以上の株を特定の株主に握らせないようにするのが原則だ。

「宇室の会社も当然そこの原則は守っている。宇室自身が51％の株を持ち、残りの49％は、複数のベンチャーキャピタル《VC》や資産家に分けられていて、単独で３分の１持ってるヤツはいない」

だが、とオレは続ける。

「宇室以外の株主は、自分の利益が第一の投資家だってところがミソだ。そいつらにとっては会社の経営権はどうでもよくて、自分が儲《もう》かるならそれでいいってコトだからな」

つまり――。

「そいつらが儲かるように色をつけて株を買い取れば、３分の１以上の株を買い集めることができる、ってワケだ」

そう、そこがヤツの会社の弱点だった。

他の株主がどんな連中かに対するチェックの甘さ。元々ビジネス畑出身ではない、ベンチャー起業家にありがちなミスだ。

「だから会社《ウチ》の証券担当に頼んで、宇室の会社のＭ＆Ａに興味のある投資家を探してもらってた。まぁ国内で見つからなかったせいでちと時間がかかっちまったがな……」

それがやっと昨日見つかって、いよいよ〝対策〟の実効性が確保できた矢先に今回の出来事が起こってしまった、という流れだ。

オレはじっと黙ったまま俯《うつむ》いている環《たまき》に告げる。

「これがオレが仕込んでいた〝対策〟だ。なかでも、最悪の妨害ケース——営業妨害に類する行為に及んだ場合に発動する〝対策《もの》〟が買収《M&A》工作だよ」

もしヤツがビジネスパーソンとしての矜持《きょうじ》を持ち、己が〝ビジネス〟によってのみ戦うつもりなら、発動するつもりはなかった。

正々堂々、オレの〝ビジネス〟によって打ち砕いてやるつもりだった。

だが——。

「アイツは、経営者《ビジネスパーソン》としてやっちゃいけねーことをした。

それは、自分一人だけの〝勝ち〟のために他人の〝ビジネス〟の邪魔をしたことだ。そんなダメ経営者に、これ以上好き勝手させてたまるかよ」

……本当はヤツに〝対策〟の存在を仄《ほの》めかし、こういう馬鹿な真似《まね》をしないように抑止するつもりだった。

ちゃんと〝対策〟の実効性を確保してから通告すべきと判断したオレの初動ミスだ。

先んじて買収した株の取得費用、買取価格の上乗せ費用など、いくらか損を被《こうむ》ることになるが、それは甘んじて受け入れよう。

「さて……この騒動で宇室《うむろ》は自分の会社を守ることで手一杯。他のことをしてる余裕なんざなくなった」

「……」

「宇室の会社で、この状況に対処できるヤツはいない。金融の専門家を入れるにしても時間がかかる。少なくとも、試験期間中にはどうにもならねー」

「………」

「そして、会社経営そのものが危《あや》ぶまれる状況を招いた経営者に〝価値〟なんてなく、〈自己株〉は急下落──つまりもう、アイツの不合格《まけ》は確定だ」

「…………」

ふと、今だに俯いたまま一言も喋《しゃべ》らない環に疑問を持つ。

……なんか、オフィスに移動してからずっとこの調子だな。

説明が専門的すぎたか……？

「あー、とにかくだ。これ以上状況が悪化することはねーから心配すんな。オレたちはオレたちで、最後の仕上げに入るぞ。幸い、アンタの頑張りで１００人もの人脈《リスト》があるわけだし、この状況でも一人や二人は──」

「これじゃダメだよ、成くん」

……。

…………、ハ？

環《たまき》はバッと顔を上げ、オレの顔を見上げる。

「だってこれじゃ、だれもハッピーに、なれないよ」

――。

――……なんだと？


その発言に虚をつかれ、オレは息を呑《の》んだ。

環はまっすぐにオレの目を見ている。その眼力は、いつにも増して強い。

「……イヤ、ここからでも挽回は十分可能だって言ったろ。宇室《うむろ》はアンタの力を舐《な》めてるから、できた〝友達《じんみゃく》〟の太さを知らねー。後はオレの方でどうにでもできる」

「でもお店は大変なまんまだし、カシワギさんや、他のお客さんたちも心配なまんまだよ」

「店が被《こうむ》った損害は補償するつもりだ。信用回復にも協力する。だから――」

「アカネ先輩も、辛いまんまだよ。せっかくすごいチャンスだったのにモデルのお仕事ができるかもわからないし、お店で働き続けることもできないままだよ」

「オイ――」

「それに宇室さんだって」

　こちらの言葉に一切聞く耳をもたず、環は揺らぐことのない目のまま言う。

「宇室さんだって宇室さんなりに、ビジネスに真剣だったはずだよ。これまで頑張ってお仕事してきて、それで会社をおっきくしてきたはずだよ」

「……」

「でなきゃ、WBFの選抜試験に呼ばれたりしないんじゃないかい？」

　チッ……。

　どんだけ善人なんだよ、オイ。

「……そうは言うがな。実際トラブルが起こっちまった以上、それをなかったことにはできねーだろうが」

　オレは目を細めて環を見返す。

「徳永《とくなが》社長たちにゃ補償《カネ》って形で埋め合わせをするっきゃねーし、宇室を放置すりゃ必ず追撃の手を打ってくる。現実問題、これが今できる最適解なんだよ」

「問題は解決できても、だれもハッピーにはなれないよ」

「……っ」

　繰り返されたその言葉に、心がザワつく。

　そんなオレに反して、環は全くブレることなく言葉を紡《つむ》ぐ。

「だってこのやり方じゃ、みんなの気持ちとか、想いとか……そういうのを全部無視したまんまでおしまいだもん」

「……」

「ママも、アカネ先輩も、お客さんたちも、宇室《うむろ》さんも──成くんも」

──ドクン。

「みんな、辛いまんまで終わっちゃうもん。……そんなの嫌じゃん、悲しいじゃん」

ハ……。

オレが、辛い？

イヤ……いったいどこに、辛くなる要素があるってんだ。

まったく意識していなかったところを指摘されたからか、心のざわめきが強まっていく。

「ミーにはまだ全然ビジネスのことはわからないけど……でもきっと、こうじゃない」

「……」

環《たまき》の物言いが、やけに癪《しゃく》に障《さわ》る。

「もっとさ。いい方法があるはずだよ。前に言ってたみたいに、みんなが『win-win』になれるような、そういうやり方がさ」

「だから……これが最適解だって言ってんだろーが」

思わずイラつきが声音に出てしまう。

だがやはり環は、一歩も引くことなく。

「だったら最適解じゃダメってことだよ。もっとすごい、最適解を超えるような、新しいやり方を見つけなきゃダメってことだよ」

「オイ、いい加減にしろ！」

カッと頭に血が上り、声を荒らげて言った。

「いつまでもワガママ言ってんじゃねーよ！　いいか、ビジネスってのは――」

そう言い返そうとして、オレはハッとなる。

「ビジネスは」

環はそんなオレの心の隙を、逃さぬように。

「そもそも、成《せい》くんが大事に思ってる〝ビジネス〟はさ――人を助けるために使うもの、なんじゃないのかい？」

「――っ！」

的確に急所に放たれたその言葉に、オレは思わず言葉を失う。

環は、わずかにその表情を柔らげて。

「だから、このやり方じゃダメなんだ。成くんの大好きな〝ビジネス〟じゃないから」

「――……」

それに、と。

「成《せい》くんは言ったよね。『〝ビジネス〟は〝世界〟を変えるツールなんだ』って」

「……」

「だったら――」

そして、環《たまき》は――。

その顔を、全てを明るく照らすような、太陽の笑みに象《かたど》って。

「変えちゃおうよ、〝世界〟――みんなが、ハッピーになれる場所《もの》に」

……。

――……。

「ね？」

……クソ。

まったく、素人が……。

簡単に、言いやがる。

ポン、と環は手を叩《たた》き、その顔をパッといつもの明るいものに変える。

「ミーにできることならなんだってやるからさ！　だから頑張って他の方法を考えよ、ね？」

「……ちっ」

オレはぐしゃぐしゃと髪を乱し、緩《ゆる》めていたネクタイをもう一度きゅっと結び直す。

……。

ああ、しかし――。

「…………………環」

「うん？」

全くもって、不本意極まりねーが――。

アンタの言うことが正論だよ、ちくしょうが。

「アンタ……宇宙に飛び込み営業する気はあるかよ？」

「……！」

環《たまき》はその顔をぱぁっと輝かせて、力強く断言する。

「――任せてっ！　お水でもお家でも〝友達〟でも、なんでも売ってきちゃいます!!」

フン……。

本当に根拠のない自信だきゃ、いっちょ前だ。

「だったら、アンタのそのクソ根性に賭《か》けてやる――アイツに〝勝ち〟を売ってこい」

――ここからが、正真正銘。

オレたちの〝ビジネス〟だ。

第五章 育英生選抜試験（終盤戦）――― His and Her Business Plans.

1 Interlude 宇室浩紀の敗北

―東京・渋谷〈Next Live,Inc. 本社オフィス・社長室〉―


15時00分。

試験期間、最終日まで残り7日――。


「――あのクソ株主どもが！　調子のいいことばかり言いやがって、結局金か！」

通話を切るなり、ドン、と机に拳を叩《たた》きつける宇室《うむろ》。

成《せい》による買収工作を受けて以降、宇室はひたすら対処に追われていた。

ろくに寝ず、食べず。株主への説得に、関係各所への説明にと追われ……。

そしてそのいずれもが不調に終わっていた。

「新株発行はどうなってる！　第三者割当増資は!?」

「そ、それが引き受け先が依然見つからず……！」

「どの投資家もベンチャー《V》キャピタル《C》も『真琴成《まことせい》とは敵対したくない』と……」

「くそっ、どいつもこいつも……！」

「CEO！　バー事業は買収後も継続されるのかと、メディアから質問が――」

「そんなものは後回しにしろ！　今はとにかく少しでも株を買い戻せっ！」

「し、しかし、もうこちらの資金《キャッシュ》が底をつきます……！　買い戻しには全く足りません！」

ギリッ、と歯を食いしばる宇室《うむろ》。

真琴成は評価額の倍値で株を買い漁《あさ》っている。しかも普通であれば考えられない、採算度外視の値付けでだ。

そんな無茶な買収、まず間違いなく経営手腕を疑われる。資金の無駄遣いとして〈自己株〉に悪影響を及ぼすことは必至であった。

しかし、真琴成の株価は微動だにしておらず、ヤツの〝価値〟はまるで毀損されていない。

「どんだけの金を隠し持っていやがる……！」

すなわち、真琴成の資金力はこの程度ではビクともしないほど膨大であるということ。会社の一つや二つ強引に買収する程度で揺らぐほど、真琴成の〝価値〟は安くないということの証明であった。

特段、資金力に秀でているとも言われていない真琴成でこれなのだ。もっと上に関しては、もはや想像すら及ばない。

「ＣＥＯっ！」

「うるさい、なんだっ！」

「そ、それがっ。真琴に買われた株が、あ、あの〈ジョージ＝ハザウェイ〉に売り渡されるという情報が……!!」

「なんだと……!?」

ハザウェイといえば、個人資産１０００億ドルとも噂《うわさ》される世界一の投資家。

発言一つで世界的企業の生き死にを左右できるとまでいわれる影響力を持つ、ビジネス界の『神』の一人だ。

そんな世界レベルの超大物が、宇室の会社などという木っ端企業を欲しがるわけもない。

必ず本人に売り込んだ人間がいるはずであり、それはこの局面において、真琴成をおいて他にいるはずもなかった。

「これがＷＢＦか……っ！　〝ビジネス〟の化け物どもの本当の実力か……っ！」

きっと真琴成は、自分程度が何をしたとしても止められなかった。それほどヤツの底は知れず、その真の力は次元の違う高みにあったのだ。

……舐《な》めていた。上っ面《つら》の情報だけで、全てを理解したつもりになっていた。

『天才』だとか『怪物』だとかと謳《うた》われる連中の力が、全く見えていなかった……っ！

「だが、だからといって……っ！　こんなところで、諦められるか……！」

宇室《うむろ》は血走った目で虚空《こくう》を睨《にら》む。

自らの〈自己株〉は既に30億にまで下落している。もはや順位は50位以下となり、あと7日で回復させるのは極めて困難と言わざるを得ない状況である。

だが宇室は、未だに諦めるつもりはなかった。ここで諦めては〝負け〟を受け入れたことになるからだ。

つまりそれは、何かを『認めさせる』ことができない立場への転落を意味し――。

誰からも『認められない』存在へと堕ちたことと同義である。

彼にとって、それだけは絶対に。

何があっても許せないことだった。

「し、CEOっ‼　大変です！」

バタンッ、と勢いよくドアを開け、一人の社員が駆け込んでくる。

「今度はなんだ……！」

「そっ、それが、受付に！」

「マスコミは追い返せっ！」

「ち、違いますっ！　受付に――」

血相を変えて、社員は叫ぶ。

「――環伊那が！　飛び込み営業にきています！」

2 Side:環伊那 〝勝ち〟の押し売り

―東京・渋谷〈Next Live,Inc. 本社ビル・受付〉―


「お願いします！　宇室《うむろ》さんに取り次いでください！」

「ですから、CEOは一切の面会をお断りしております！」

ミーは宇室さんのオフィスがあるという12階フロア、その入り口に設けられた受付で、ずっとおんなじやりとりを繰り返している。

最初は優しかったお姉さんも、10回を超えたあたりから流石《さすが》に迷惑そうな顔になって声を荒らげていた。

「お仕事の邪魔しちゃって本当にごめんなさいだけど、今日だけは許してください！　なんとか、どうにか、ちょっとでいいからお話しさせてくださいっ！」

「もういい加減にしてください！　警備員を呼びますよ！」

「5分、ううん、1分でもいいのでっ！　もし忙しいなら終わるまで待ちますからっ！」

「ああもう……！」

お姉さんはもう我慢できない、って感じで電話に手を伸ばし「受付です！　迷惑客です！」と叫ぶように告げると、すぐに奥から警備員のおじさんが二人、走ってやってきた。

そしてミーとお姉さんの間に体を滑り込ませると、キッと怖い顔でミーを睨《にら》む。

「申し訳ありません、お引き取りください。これ以上は警察を呼ぶことになります」

おじさんたちはミーよりも頭1個分以上背が高くて、体は熊みたいにガッチガチだ。たぶん力ずくで押し出されちゃったら、絶対に逆らえないだろう。

「さぁ、お引き取りを」

ずいっ、とさらに一歩圧力をかけられて、思わずミーはたじろぎそうになる。

でも、ぐっと足を踏ん張って、それを堪《こた》えた。


——これは成《せい》くんに頼まれた、ミーのお仕事。

ミーが絶対にやり遂げなきゃいけない、この〝世界〟をハッピーに作り替えるための、初めての〝ビジネス〟だ。

成くん、銀ちゃんママ、アカネ先輩、カシワギさん——そして、宇室さん。

ミーの、たくさんの〝友達〟のために。

ここで引くわけには、いかないいんだっ！

だからミーは、心の中でもう一度ごめんなさいを呟《つぶや》いてから。
小さい頃よくしたアレみたいに、深ぁーく、深ぁーく息を吸って――。

「――宇室さぁ――ん!!」

フロアのどこにいても聞こえるくらい、精一杯、おっきな声で叫ぶ。

「絶対に〝勝てる〟ビジネス、買いませんかぁ――――――――――!!」

かぁー、かぁー、かぁー……。
ぐわぐわん、とミーの声が響き渡り、周りにいた全員の目がこっちに向く。
シーン――と。
少しだけ、沈黙の時間があってから。
「……ち、ちょっと君、やめなさい！　強制的に追い出すぞっ1」
両手で耳を塞《ふさ》いでいた警備員さんがハッと我に返るなり、ミーに詰め寄ってきた。
ミーは、もう一度。

「〝勝つ〟ための『会社』をっ、ただ一人っ、宇室さんだけに売りに来ましたぁ――――――!!」

「警告はしたっ！　これ以上は……っ！」

ついにガッと腕を取られて、ミーはおじさんたちに引きずり出されそうになる。

「宇室《うむろ》さん、お願っ……！」

「さぁ、来なさいっ！　ほら、早く！」

「っ！」

お願い、聞いてて、聞こえててっ……！

お願いっ――！


――バンッ！

「――待てっ!!」


受付の、奥。

ずっと閉まったままだった、擦《す》りガラスのドアが、開かれて――。


「……宇室さんっ！」

――やった、届いたっ……。

小さい頃、たくさん海に向かって叫んでおいて、本当によかったたっ！

×　×　×

―東京・渋谷〈Next Live,Inc. 本社オフィス・社長室〉―


「いったいどういうつもりだ、貴様！」

社長室に通されたミーの前で、いきなりバンと机を叩《たた》く宇室《うむろ》さん。

頬《ほお》はゲッソリと痩せこけていて、すらりと細長い瞳は落ち窪《くぼ》み、目の下には真っ黒なクマができている。ここ数日寝てないいんだ、ってことがすぐにわかる顔色だった。

宇室さんは、充血した目でギラリとミーを睨《にら》みつける。

「事と次第によっては営業妨害で訴えてやる……！　試験なんて関係ない、必ずお前たちを後悔させてやるからな……！」

枯れた声でそう怒鳴る宇室さんが、あまりにも辛そうに見えて、ミーは両手の拳をぎゅっと握った。

——やっぱり絶対に、この『商談』は成功させなくちゃ。

ミーはぴんと背筋を伸ばして、宇室さんの顔を真正面から見る。

「——結論から言います。新しく作る会社の株を買ってください」


ぎょろりと目を向く。

「なにぃ……？」

ミーはバッグから成《せい》くんに作ってもらった資料を取り出して、宇室さんの前にそっと置く。

そして教えてもらったことを一つずつ、丁寧に語り始める。

「うちのママ——いえ、弊社の代表・徳永銀次《とくながぎんじ》が、新しくバー事業に参入します。そのための新会社に出資してほしいんです」

「——っ！」

驚いた顔で息を呑《の》み、資料に目を落とす宇室さん。

よし……ちゃんと言えてる。

徹夜で頑張って暗記したし、絶対大丈夫。

「お店の場所は、現〈六本木 Garden〉。内装を改装することでバースタイルに作り替えるつもりです。〈六本木 Garden〉自体は、別の物件に移転し営業を継続します」

実はそれは、前々からママが成《せい》くんに相談していたことらしい。お店の周辺に人通りが増えちゃったのと設備が老朽化してきてるからってことで、もっと別の静かなところへ移転したかったんだとか。

そして、お店がお引っ越しするってことは、また元のように『場所がわからなくなる』っていうことだ。そうすれば、常連さんたちはまた安心してお店に来られるようになるし、もっといい場所で、今まで以上に落ち着いて過ごせるようになる。

「既に移転先の不動産は見当をつけてますし、リフォーム業者にも見積もりの依頼は済んでます。あとは資金だけあれば、いつでも移転は可能な状況です」

ただ六本木っていう場所柄、お引っ越しをするにはすっごくお金が必要になるらしい。だからその計画は棚上げになっていたんだって。

そう、そこで成くんは――。

その不足を、宇室さんの力で補ってもらおう、って考えたんだ。

「そこで、新会社を立ち上げて出資を募ることにしました。〈六本木 Garden〉を含め、新しく作るバーも新会社の傘下に入り、グループとします」

「――」

「そして、その新会社に出資いただければ――バー事業の方を宇室さんにお任せしたい、と考えています」

宇室《うむろ》さんは目をスッと細めて黙り込む。

顔はまだ怒ったまま。でも、話は聞いてくれてる。

やっぱり宇室さんは、ちゃんとしたビジネスパーソンだ。お仕事の話になれば、こうやってしっかり耳を傾けてくれるんだもん。

「先日発表された御社のインフルエンサーバー事業の計画で、パ、ー、ト、ナ、ー、企、業、を、募、集、されてましたよね？　特に経営ノウハウ、酒類の仕入れに関して詳しい企業を」

これは試験説明会の時にも聞いたことだ。宇室さんはバーの経営に関しては素人で、元々そこを成くんにフォローしてもらいたい、って話だったから。

「弊社の徳永《とくなが》は、その道で10年の実績があります。そして生家は酒屋。仕入れに関する優位性も他社《よそ》とは比較になりません」

「……」

「出資いただければ、その商流と一緒にノウハウもお教えします。もちろん六本木の店舗の経営権も、です。それで御社の新事業成功の可能性は、飛躍的に上がるはずです」

「…………」

「弊社は出資により事業を拡大できる。御社は新事業成功の確率が上がる」

つまり、と。

「まさしくお互いが『win-win』になれる提案――共に〝勝てる〟提案だと、確信しています」


そこまで言い切って、ミーは、ぷはぁ、と溜まった緊張を抜くように息を吐き出す。

よしっ……ここまではバッチリ！

ちゃんと伝わってるよね……？

再び宇室《うむろ》さんを見ると、黙ったまま資料を捲《めく》っていた。

それからしばらくして――。

「――他は」

ぼそりと呟《つぶや》くように、口を開くと。

「新事業の話はもういい。他にもお前たちの条件があるだろう――全部出せ」

厳しい目のままそう言われ、ミーはまた気を引き締め直す。

よし……。

ここからは〈六本木Garden〉のスタッフじゃなくて、ミーたちの言葉で。

「ミーたちのお願いは二つです。一つは、アカネ先輩――佐和野茜《さわのあかね》さんを、お約束通り御社で雇っていただくこと」

ミーは指を一つ立てながらそう言う。

宇室《うむろ》さんはアカネ先輩の実力をちゃんと認めてくれてたらしい。ちゃんと先輩のモデルに対する想いを見抜いて、そこを評価してくれたんだ、って。

それはきっと、嘘《うそ》じゃない。でなきゃアカネ先輩も、宇室さんを信じようなんて思わなかっただろうから。

「もちろん、雇っていただいた後は実力勝負で構いません。結果が出せなければ、その時は御社の規定通りに対応いただいて結構です。ちゃんとフェアな契約でさえあれば、それで」

「……」

これはアカネ先輩から直接言われたことだった。

ただ交換条件みたいな形で雇われてたって、それじゃ自分の夢を叶《かな》えたことにはならない。

必ず実力で、認めさせ続けてやるから――って。

「もう一つは――」

そしてミーは、二つ目の指を立てる。

「ここからはお互い邪魔をせず、ただビジネスの実力だけで試験の合格を目指す」

「っ……！」

「そうすれば、宇室さんの会社の株は譲渡するって成《せい》く――ううん、真琴《まこと》がそう言ってました」

だから――。

ミーは、宇室さんへと手を差し伸べて。

「選抜試験、頑張ってミーたち全員で〝勝ち〟抜きましょう！　だってビジネスって、負ける人がいないものほどいいものなんですから！」

――そう、そうなんだ。

ビジネスの大原則は、関係者がみんな『win-win』であること。

つまり全員が〝勝てる〟ものほど、それは素晴らしい〝ビジネス〟ってことなんだ。

「ミー……私たちが言いたいことは、これで全部です」

「――」

「だから、お願いします！　みんなが〝勝つ〟ためのこの提案に、ぜひ宇室さんも参加してくださいっ！」

ミーはそう言って、勢いよく頭を下げた。

宇室さんは両肘《ひじ》を机について、顔を伏せた状態で両手を組んでいる。だから今、どんな顔をしているかは見えない。

――この提案は、絶対に宇室《うむろ》さんにとってもいいものだ。

会社の株は戻ってくるし、新事業はもっとうまくいくことが約束されるんだから。

だから、きっと――。

「――ふざけるなっ！」

なんて、思った直後。

「そんな都合のいい提案、信じられるかっ!!」

バンッ！

開いた両手で、机が強く叩《たた》かれる。

えっ――。

ど、どうしてかい!?

ミーは焦《あせ》って言葉を紡《つむ》ぐ。

「で、でもっ。ほんとに確かに、これがミーたちの提案の全部で――」

「舐《な》めてんじゃねーぞ！」

バン、ともう一度机が叩かれ、ミーは思わず言葉を引っ込めてしまう。

「そんな提案は、どう考えてもっ――」

怒りで声を震《ふる》わせた、宇室さんは――。

「俺に、お情けをくれてやるって内容だろうがっ!!」


――あ。


「憐《あわ》れみのつもりか！　そうやって施《ほどこ》しを寄越して〝勝ち〟誇るつもりか……っ！　恩を押し付けて、格下に貶《おとし》めて、俺を無様だと、無価値だと『認めさせる』つもりかっ！」

ミーは、宇室さんの顔をまじまじと見る。

激情に染まったその表情は、怒りと、羞恥《しゅうち》と――。

「どいつもこいつも舐《な》めやがって！　俺は俺の力で、ただただ正しい選択を繰り返して、それで〝勝ち〟上がってきただけだ！　お前らができないことをやり、お前らには到底耐えられない苦労をし、その果てに成功を掴《つか》み取ってきただけだ！」

そして──。

「──俺は俺だっ！　それを〝世界《お前ら》〟に、否定される謂《いわ》れはない！」

恐怖。

……ああ。そっか。
そういうこと、なんだね。

ミーはそれで──。
ぜんぶわかっちゃった。

「宇室《うむろ》さんは──ただただ、自分のことをみんなに『認めてほしかった』のかい？」

「……っ⁉」

驚きに目を見張る宇室さんの、心の奥に向けて。

ミーは言葉を投げかける。

「だからだれから見ても〝勝ち組〟って思われるような人になりたかったんだよね？　そういう人になれたら、きっと自分の丸ごと全部を『認めてくれる』って思って」

「……っ」

「だって〝勝ち組〟はすごいんだぞ、ってみんな知ってるから。すごい才能があって、めっちゃ色んなことができて、辛いこととか大変なこととかがあっても絶対くじけなくて……最後まで頑張れるだけの力があったから〝勝ち組〟なんだぞ、ってわかるから」

「………………」

「みんなが自分の頑張りを素直に認めてくれない〝世界〟にいたから。だから宇室さんは、そんな〝世界《せけん》〟に〝勝ち〟たかったんだ」

自分はすごいのに。自分は色んなことができるのに。

なのに全然、それを認めてもらえなくて。なにをしても、どんなに頑張っても、周りからは文句とか僻《ひが》みばかりを言われて、悪い人とか嫌な人みたいにレッテルを貼り付けられて……。

そういう押し付けに、ずっとずっと苦しんでいたから。

だからきっと、どんなことにも〝勝つ〟ことで、自分のすごさを無理やり『認めさせよう』とした。

――。

だったら――。

「なら、それをさ――〝世界《みんな》〟を〝勝たせる《ハッピーにする》〟ことで、証明するんじゃダメかな？」

「……」

「自分のすごさを、だれかに勝ったか負けたかで証明するんじゃなくて、だれかを、どれだけ幸せにできたかでアピールするんじゃダメかな？」

「………」

「ぜったい、そっちの方がいいよ。そうすればみんな、宇室《うむろ》さんのこと好きになってくれるよ」

少なくとも、と。

「ミーは、ぜったいぜったい、そっちの宇室さんの方がいい、って思う。だってきっと、たくさんの人をハッピーにできる人の方がすごい人だ、って、〝世界《みんな》〟はそう思うはずだから」

ミーは宇室さんの正面に立ち、にこりと笑いかける。

「だからこれは、憐《あわ》れみとか施《ほどこ》しじゃないんだ。ただ宇室さんが宇室さんとして、自分のほんとうの〝価値〟を発揮してほしい、ってお願いなの」

「──」

「もう一度お願いします。ミーと──」

そして、ミーは。

右手を、差し出して。

「ミーたちの〝ビジネス〟に、賛同してください。

それで、この試験──ぜったいにぜったいに、みんなで〝勝ち〟ましょう！」

そして──。

差し出された手を、宇室さんは──。

×　　×　　×

――東京・六本木〈六本木通り〉――

たっ、たっ、たっ、たっ――。


夕焼けに染まる、六本木の街。

改札を出るなり、ミーは一心不乱にお店に向かって走り始めた。

「わっ、とっとっ……！」

慣れないヒールの靴だから、階段で何度か転びそうになる。

それでもミーは、走るのをやめなかった。

「はっ、ほっ、はっ……！」

路地に入って、コンクリートの階段を駆け下りて、ぼんやりと浮かび上がるお店の表札を横目に、ミーはドアをくぐって――。


――東京・六本木〈六本木 Garden〉――

「みなさん、お待たせしましたーっ！」

店中に届くような声でそう言って、ミーはフロアへと入る。

営業時間前のお店の中では、成《せい》くん、銀ちゃんママ、アカネ先輩が待っていてくれた。宇室《うむろ》さんのところを出る前に「お店で待っててほしい」って連絡しておいたのだ。

「……オイ。アンタな」

と、成くんがむすっとした顔で言う。

「先に連絡くらいよこせっつの」

「えっ？　あれ、連絡したからみんな集まってくれてたんじゃないのかい？」

はてな、と首を傾《かし》げる。

すると成くんは「はぁー……」と額を押さえながらため息をついて。

「そうじゃねーよ、結果だよ結果。なんでわざわざアンタが戻ってくるまで待ってなきゃなんねーんだっつの」

「……あっ」

た、確かにそうだっ……！

周りを見れば、不安そうな顔のアカネ先輩、やれやれって顔のママ。

「ご、ごめんなさいっ！　とにかく少しでも早く帰ろうって思って、そこまで頭が回りませんでした……！」

ミーはパチンと両手を合わせ、みんなに頭を下げる。
成《せい》くんは呆《あき》れたように髪をかき上げてから口を開く。
「……まぁいい。それで、首尾は？」
その言葉で、みんなの視線がミーに集まった。
ミーは、すーはーすーはー、呼吸を整え。
そして――。
にっと笑って、Vサインを作り。
「――営業成功です！　宇室《うむろ》さんに、ばっちり協力のお約束を貰《もら》いましたーっ！」
わっ、と。
喜び笑う、みんなの顔。
――ああ、そっか。
これが、みんなのこの顔が、この景色が――。
〝ビジネス〟の先で見える、〝世界〟なんだな。

3 Side:真琴成 〝友達〟の売り方

「伊那《いな》っ！」

環《たまき》の報告を受けて、オレはほっと安堵《あんど》の息を漏らした。

「……そうかよ」

「おわっ、と！」

……と、感極まったのか、佐和野《さわの》さんが環にがばっと抱きついた。

「あ、あんたはもうっ、いつも心配ばっかさせてっ……！　あり、ありがとうっ……！」

「あははっ。やだなーもう、アカネ先輩、お化粧がめっちゃ大変なことになってますよ！」

「このタイミングでそれ言うのやめなさいよ馬鹿っ……！」

うれしそうに笑う環を横目に、オレは近くの壁に背を預ける。

――今回の提案は、宇室側にメリットの大きな内容だった。

いくら新会社への資金投入を求められるとはいえ、自社株の買い戻しに比べたら安いもの。

ヤツの会社の資産状況なら十分に対応できる範囲だし、投資効率で考えても破格といってい
い取引だろう。真っ当なビジネスパーソンだったら、受けない選択肢はない。

だが宇室《ヤツ》がどう判断するかは――正直、わからなかった。

敵に情けをかけられるような案をヤツが呑《の》むとは思えなかったし、場合によっちゃ利益も採算も度外視で、オレたちの妨害に出ようとする危険だってあった。

そんなリスクの大きな戦略《プラン》、コンサルとしては到底許容できない。

だが――。

『宇室《うむろ》さんだって宇室さんなりに、ビジネスに真剣だったはずだよ。これまで頑張ってお仕事してきて、それで会社をおっきくしてきたはずだよ』

――だからオレは。

そう言い放った環《たまき》に、賭《か》けたのだ。

人の本質を見抜く目に長け、徳永《とくなが》社長に『天性の人たらし』とまで言わしめた環なら、宇室を説き伏せられるのではないか――と。

そう、信じて。

「――まったく、大したものね」

「……徳永社長」

隣にやってきた徳永社長が、笑い半分呆《あき》れ半分の顔でそう呟《つぶや》いた。

「いくら成《せい》ちゃんのお膳立てがあったとはいえ、引っ張ってきた額だけで見れば軽く億を超えてるじゃない。キャストにさせておくのはもったいなかったわね」

「その分、向こうにだいぶ株を持たれちまうことになるがな……。本当に、それでよかったのかよ？」

今回の案では、宇室が新会社の49％の株を持つことになる。

新たな〈六本木 Garden〉のオープンについては条件に含めているからいいとしても、今までのように社長が一人でなんでも決められるわけじゃなくなるし、場合によっては対立するケースも出るかもしれない。

「やはりオレも多少出資して、持ち株比率の調整を――」

「いいのよ」

だが社長は、あっけらかんと笑って言う。

「元々、資金調達はアタシがお願いしてたことじゃない。むしろ融資じゃない分大助かりよ」

「……」

「第一、成ちゃんがウチに出資したところで旨味はないでしょう？　そんな人助けのためだけの投資だなんてご免被《こうむ》るわ」

それに、と。

社長は、店《おみせ》をぐるりと見回し、環たちを見るサングラス越しの目を優しく細め。

「ゲストとキャスト《みんな》の居場所が守れるなら、それだけで十分よ。それがアタシの一番だもの」

「……そうかよ」

「そもそもこのアタシが、まだ毛も生え揃《そろ》ってない新米《ぺーぺー》のボウヤ相手に好き勝手やられるタマだと思うかしら?」

ニヤァ……といつもの顔で笑う社長を見て、オレは思わず、ふっと吹き出してしまった。

「そりゃそうだ。宇室《うむろ》だって東京湾に沈められたくはねーだろうからな」

「ホホホ」

そうひとしきり二人で話していると、ふと、入り口から近づいてくる人影が目に入った。

「やぁ、こんばんは」

「あっ、カシワギさん!」

真っ先に気づいた環《たまき》がそちらに駆け寄っていく。

老紳士然としたその人は、ハットを取ってから柔和な顔で環に笑いかける。

「すまないね、少し遅れてしまったようだ」

「いえ、全然だいじょうぶです! こちらこそ、お呼び立てしちゃってごめんなさい! 常連さんにはどうしても早くお伝えしたかったので!」

「おお、いったいなんの話だい?」

「えっと、実はですね――」

そうして環は、事の顛末《てんまつ》を無駄に大袈裟《おおげさ》なジェスチャーや演技なんかも交えつつ説明し、老紳士は頷《うなず》きながらその話に耳を傾ける。

「——というわけで！　〈六本木 Garden〉は今のまんまで新しく生まれ変わります！」

ぱっ、と両手を広げて言う環。変わるのか変わらないのかどっちだよ的なアホ表現だが、まあ言わんとしてることはわかるか……。

環の勢いに気圧されたのもあってか、老紳士は目をパチパチとさせながら言う。

「はぁ……そうかい、そうかい。そんなことが……」

「新店舗の場所は駅を挟んで反対側、三河台公園の裏手ですわ、カシワギ様。駐車場もご用意できる場所ですので、今まで以上に快適にご利用いただけます」

そう社長が補足し、老紳士はもう一度「そうかい……」と噛《か》み締めるように深く頷く。

環は優しくにこりと笑って。

「だから、カシワギさんの居場所はなくなったりしませんよ。安心してくださいっ」

「……はは」

すると老紳士は、環の方に向き合って、その頭を深々と下げた。

「——ありがとう。伊那《いな》ちゃんが、この場所を守ってくれたんだね」

「わっ、や、やめてください！　ミーは全然、大したことはしてないですから！」

まさか頭を下げられるとは思わなかったのか、環はあわあわとしながらオレの方を見る。

「それに、ビジネス的な難しいことは全部、成《せい》くんがやってくれたのでっ！」

頭を上げた老紳士の顔がこちらに向いたので、オレは近くまで歩み寄った。

「君は……確か、この前もいた子だね」

「ええ、ご挨拶《あいさつ》が遅れて申し訳ありません。私《わたくし》はこういう者です」

すかさずオレは名刺を取り出して、老紳士に差し出す。

老紳士は「これはご丁寧にどうも」と笑顔でそれを受け取ると、スッ、と一瞬、鋭く目を光らせて紙面に目を通す。

——やはり、目は死んでねーか。

「成《せい》くんは、ミーの会社の経営コンサルタントをやってくれてるんです！　今回の作戦は全部成くんが考えてくれましたっ！」

「ほぉ……」

「……環《たまき》。悪いが、オレに話をさせてくれるか？」

「え？　あ、うん……？」

「〝ビジネス〟の話だ」

そう言って、オレは老紳士の前に立つ。

柔らかく微笑《ほほえ》むその顔は、一見ただの好々爺《こうこうや》に見えるが、その眼光の強さは隠し切れるものじゃない。

つまり、歴戦の経営者のそれだ。

「そうかいそうかい。君が〈成功請負人〉だね」

「……ご存知でしたか」

「業界にいて君を知らない者はないだろう。特に経営を生業《なりわい》とする者ならば」

「〈経営の神様〉とも称される方にそう言っていただけるとは恐縮です――柏木会長」

――〈善一会〉会長〈柏木善一郎《かしわぎぜんいちろう》〉
世界的工業部品メーカー〈東京インダストリ株式会社〉、通信会社〈ＩＤＩＫ株式会社〉の創業社長であり、連続起業家としての手腕、および戦後最大規模の負債総額を抱えて破綻《はたん》した海運企業の再建を成功させた実績から〈経営の神様〉と呼ばれる、日本経済史上屈指の大経営者である。
現在は経営の世界から身を引き、その独特な経営手法を広く普及させるため設立された〈善一会〉の会長として、後進の育成に尽力している。

柏木会長は「はは」と笑って、軽快な調子で言う。

「今はただの隠居老人さ。こうして静かに酒を楽しむことだけが生きがいのね」

柏木会長は、優しい目に戻して環の顔を見る。

「いいパートナーを見つけたね、イナちゃん。真琴《まこと》くんなら、きっと大いに君の助けになってくれるだろう」

「――」

環《たまき》は一瞬、その言葉を噛《か》み締めるように黙ってから――。


「――はいっ！」


――と。

晴れやかな笑顔と共に、元気よく頷《うなず》いた。


「――おーい、イナちゃん！　急に何の用かな？」

「あっ、シラトリさん、いらっしゃいませ！　聞いてください、実は――」

そうこうしてると、またもう一人の常連客が姿を現し、環はそちらにとてとて走っていく。

オレがその背を見送っていると、ふと柏木《かしわぎ》会長が静かな声で言う。

「ここまで大変だったろう。あの革命家の子である君は」

「……、そこまでご存知でしたか」

「何も力になれずすまない。せめて私が、中枢に残っていれば――」

「もう済んだことです。お気になさらず」

オレは話を打ち切るようにそう言ってから、強い意思を込めた目で柏木会長を見る。

「それに大事なのは――これから、これからです」

「――」

オレの言葉をどう受け取ったか、柏木会長は何も言わずにハットを被り直した。

「微力ながら応援させてもらうとしよう。君の目的はそれだろう？」

「……ありがとうございます」

「後で秘書から連絡をさせる。必要なことは全て言うといい」

流石《さすが》に、オレ程度の考えなんざ全部お見通しか……。

オレがもう一度頭を下げると、柏木会長は軽く手を上げそれを制した。

そして会長は再び環の方を見やり、優しく目を細め――。

「君もまた、いいパートナーを見つけた。彼女がいればきっと、進む道を明るく照らしてくれるはずだ」

……ああ、そういうことか。

その言葉でふとアイツとの出会いを思い出し、オレは心から幸せそうに笑う環の顔を見る。

これが、このやり方が――。

アイツ流の『〝友達〟の売り方』ってワケか。

1 Interlude 合格発表

―東京・赤坂〈WBF JAPANビル・ホール〉―


『――改めまして。

見事、選抜試験を突破され、〈育英生〉資格を得られた皆様。この度は、誠におめでとうございます』

説明会と同じ会場に、不二《ふじ》女史の声が響く。

先ほどまでは100人いたこの会場も、今はスッキリとしたもの。

そう――。

今日は選抜試験・合格発表の日。

合格者20名のみを残した会場では、育英生資格授与のための式典が執り行われていた。

『皆様は、これよりWBF日本支部育英生となります。我々WBFは、育英生の皆様のさらなるビジネスの発展のため、さまざまなサポートをお約束いたします』

そこには、環伊那《たまきいな》の姿がある。

ランキング『99位』、〈自己株〉時価総額『1億円』という最底辺から始まった彼女の挑戦は、最終盤において自らが代表を務める〈株式会社 島はいーとこいちどはおいで〉の資本金を議決権なし株式の新規発行という形で1円から一気に1億円まで増資。

さらに筆頭株主をかの〈経営の神様〉柏木善一郎《かしわぎぜんいちろう》とし、合計8名の有名企業家による投資を得た実績によって、彼女自身のビジネスパーソンとしての〝価値〟は飛躍的に向上。さらに、徳永銀次《とくながぎんじ》率いる〈六本木 Garden〉と、宇室浩紀《うむろひろき》率いる〈Next Live,Inc.〉の新会社設立を仲介した営業手腕が高く評価され、最終的な〈自己株〉時価総額は『130億円』を記録。

順位は『19位』まで急上昇し、晴れて育英生の資格を得ることとなった。

『まず基本サポートとして、国内航空便フリーパス、全国各地に200カ所以上存在する提携宿泊施設の無制限利用権、協賛企業の商品・サービスの優待購入権などが与えられます。各種サービスは、先ほどお渡しした〈育英生バッジ〉をお見せいただくことでお受けいただけます』

そして彼女の傍には、真琴成《まことせい》の姿。

一時は10位とその順位を下げたものの、最終盤で『天才コンサルタント』としての力を遺憾《いかん》なく発揮。環伊那《たまきいな》という素人経営者を合格圏へと引き上げた多大なる功績によって、その順位を再び『7位』へと戻し、最終的な〈自己株〉時価総額は『1100億円』を記録。

まさしく〈成功請負人〉の名に恥じぬ活躍ぶりで、その名声をさらに高めることになった。

こうして、晴れて育英生となった成と伊那だが、本当の戦いはこれからである。

『そして、我々の最大サポートである「資金援助10兆円」につきまして。こちらは対象者を1名のみと限らせていただいている関係上、皆様には、援助資格を得るための資格競争にご参加いただくことになります』

『題しまして――〈世界権競争〉。我々の掲げる最大目的「世界を変える権利《チャンス》」を賭《か》けた〝ビジネス〟による競争《たたかい》でございます』

主戦場は、選抜された育英生20名における〈世界権競争〉。

戦う相手は、独自の〝ビジネスモデル〟と特異な才能を持つ、最強のビジネスパーソンたち。

『詳細は追ってご連絡いたします。それでは、皆様のこれからのますますのご活躍をお祈り申し上げております――』

戦いの火蓋《ひぶた》はここに、切って落とされた。

2　Side：真琴成　〝ビジネスパートナー〟

――ザワザワ、ザワザワ。

式典が終わった直後の会場はにわかに騒がしい。

当然とばかりに取り巻きを引き連れ去る者、チームでまとまって喜びを分かち合う者、一人足早に会場を去る者、さまざまだ。

……顔ぶれを見た感じ、上位の連中はそのまま残ったみてーだな。

逆に下位の方は激戦だったようで、かなり順位が入れ替わったようだ。なかには元々ランキングが低かった下剋上《げこくじょう》メンバーもちらほらいる。

「えへへ、このバッジすっごいかっこいいなー！　弁護士さんみたい！」

そしてその下剋上《げこくじょう》組の筆頭格は、相変わらず能天気だった。

「よぉ、成《せい》！　それに伊那《いな》ちゃんも！」

「合格おめでとう」

「あっ、陸《りく》くん京《きょう》ちゃん！　ありがとうおめでとう！」

そうこうしていると、いつもの調子の大島《おおしま》兄妹がやってきた。

確か陸は『720億』で『12位』のまま、京が『650億』で『14位』に上がったんだっけか。どっちも手堅く自分の事業をアピールすることで、合格圏をキープできたらしい。

「陸くん、ママが物件の紹介ありがとうだって！　すっごく静かでいいところだった！」

「がはは、いいってことよ！　一等地でもなんでもねぇトコのマンションだし、ウチでも持て余してた物件だったからよぉ」

頭の後ろで腕を組みながらカラカラと笑う陸。

「京ちゃんも！　内装の方よろしくお願いします！」

「こちらこそ。おかげさまで今期の売り上げガッポガポ」

指で円マークを作ってニヤリと微笑《ほほえ》む京。

ちなみにその辺の仕事は、環《たまき》が直接二人にコンタクトを取って発注したものだった。まったく、いつの間にそんな仲になったのやら……。

そのまま４人でしばらく話していると――。

「――」

「……宇室《うむろ》ＣＥＯ」

そこへ、仏頂面の宇室がやってきた。

――そう、宇室もまた、試験の合格者だ。

自社である〈Next Live,Inc.〉買収問題は、オレの株式譲渡と世界的投資家ハザウェイ氏の資本参画を明るみにしたことで評価が逆転。徳永《とくなが》社長との業務提携の発表によるバー事業の先行きの明るさも相まって、その株価を一気に回復させた。

ただ元が大きく下落していたこともあってか、最終的な時価総額は『１００億』止まりで、環の一つ下の『20位』ギリギリでの合格となったのだった。

オレの言葉で宇室に気づいた環は、パッと顔を輝かせて笑いかける。

「あっ、宇室さん！　合格おめで――」

「俺は辞退する」

……、ハ？

その発言の意図が飲み込めず、しばしフリーズするオレと環。

「……イヤ。なん」「えええっ⁉　ど、どういうことかい⁉」

続くオレの言葉は環の絶叫にかき消されてしまったが、意見自体は全く一緒だ。

宇室《うむろ》は「なんでなんで⁉」と遠慮なしに距離を詰めながら尋ねる環《たまき》を鬱陶《うつとう》しそうに制し、ただ事実だけ告げるように言う。

「この結果は、俺の実力によって得たものではない。ただ与えられただけの〝勝利〟だ」

「えっ……」

「そんなものには意味はない。そして自らの〝勝ち〟に繋《つな》がらない以上、ＷＢＦに所属する必要性も感じない――つまり、関わるだけ時間の無駄ということだ」

「……そうかよ」

どうあってもそこだけは変えるつもりねー、ってことか。頑固者め。

それだけが用件だったのか、言い終わるなり宇室はスタスタと立ち去っていく。

「あっ、ちょっと待って……！」

呼び止めようとその背に声をかける環。

だが――。

「勘違いをするな」

宇室は、その言葉をスッパリ切ると。

「俺は俺の矜持《きょうじ》を『認めさせる』ために、自ら辞退を〝選んだ〟。

――つまりこの道こそが、俺にとっての〝勝ち〟だ」

前を向いたまま、ハッキリと。

まさに誇りと自信とを感じさせる強さで、そう答えた。

「宇室さん……」

「……事業提携の件は感謝している。そっちは——いえ、もちろんそちらは、全力で取り組ませてもらいますよ。ええ、大きな利益の見込める〝ビジネス〟ですからね」

それでは、と。

最後だけ慇懃《いんぎん》な口調に戻してから、宇室は振り返らずに去っていった。

……はぁ、ったく。

本当にアイツも……ワガママで愚直な経営者、だな。

「……」

環は去っていくを背を見て黙りこくっている。

「……自分でああ言ってる以上、呼び止めるのは野暮だろうよ」

「……」

「それに、おそらく——」

「うん」

と、環《たまき》は全てを理解した顔でコクリと頷《うなず》き。

「たぶんあれが、宇室さんなりの誠意、なんだよね……。ミーたちを邪魔しちゃったことと、〝ビジネス〟に対しての」

……オレが言うまでもなかったな。

無言で肩を竦《すく》めて答えると、パチンと両手で頬《ほお》を叩《たた》き「……よしっ！」と気持ちを切り替える環。

「それじゃあミーからは、改めて成《せい》くんに一つお願――」

「イヤ待った」

「いっ？」

何を言おうとしたかを察したオレは、続く言葉を遮《さえぎ》った。

肩透かしを食らい目をパチパチとさせている環を見て、オレはこほんと喉を鳴らす。

――環はここまでよくやった。

オレの想像を遥かに超える成果を出して見せたし、その能力も〝ビジネス〟に対する才覚も実感することができた。

何よりも――。

オレの一番の核である、〝ビジネス〟のあり方を。

芯から理解し、信用してくれた。

「……環」

「うん……？」

オレは環の顔をまっすぐに見る。

だからオレも――。

信頼を、返そう。

「オレがWBFに入った目的は――今の〝世界〟を革命するためだ」

環はハッと目を見開く。

「この世の中は、お世辞にもいいものとは言えねー。巷《ちまた》にゃわけのわからねー理不尽が溢《あふ》れて、なんでもかんでもネット越しに見えちまうせいで希望は持てず、何かをしようとすりゃ必ず誰かに足を引っ張られる――」

「――」

「オレは、そういう〝世界〟を変えたい。他でもない〝ビジネス〟の力で」

そう〝ビジネス〟は――。

〝世界〟を描き替えるためのツールなのだから。

「だが、オレはコンサルタント。他人の〝ビジネス〟をサポートするのがオレの〝ビジネス〟で、オレ一人だけじゃ新しい〝世界〟は描けねー」

だから、と。

オレの――。

コンサルタント・真琴成《まことせい》が、なすべきことは。


「だから、オレは――。

ここにいる全員の〝ビジネス〟の力を束ねることで、新しい〝世界〟を描こうと思ってる」


そう――。

この国の若きビジネスパーソン、その頂点が集まるＷＢＦ。

そのとてつもない才能と、力とを束ねることができれば――。

必ずやこの〝世界〟を、よりよいものに革命できるはずだから。

「――環《たまき》。アンタもそれに協力してほしい」

オレは呼吸を整えてから、もう一度環の目を見る。

「人の心に聡《さと》く、愚直に真剣に、真正面からぶつかって、信頼を掴《つか》み取る。そんなアンタなら、必ず全員の信頼を勝ち取ることができると、そう確信したからだ」

環はオレから、目を逸《そ》らさない。

だからオレも、目を逸らさない。

「もちろんアンタの〝ビジネス〟も全力でサポートする。仮にオレが10兆円を手に入れられたら、全額それを投資しよう。アンタの故郷《しま》は、絶対に潰《つぶ》させやしねーよ」

「――」

「つまりこれは、ビジネスの大原則『win-win』ってヤツだ。アンタが最初に売りつけてきた〝友達《縁》〟を、買わせて欲しい」

そう言って、オレは右手を差し出した。

あの日《かつて》のソレと、同じように。

「納得ができたなら、この手を取ってくれ。

なぜなら〝ビジネス〟じゃ、契約が成功した時に握手をするモンだから、な」

そして、環は――。

差し出されたオレの手と、オレの顔とを交互に見て。

その顔を、南国に昇る太陽のように、輝かしくほころばせ。

「――うん。ありがとう、ミ、ミ、ミーを信頼してくれて」

ぎゅっ、と。

右手に、柔らかな手の感触。

「こちらこそ、よろしくお願いしますっ！　――ミーの最高の〝ビ、ビ、ビジネスパ、パ、パートナー〟さんっ！」

ああ――。

そりゃ、最高の響きだな。

「これから、よろしく頼む――オレの〝ビジネスパートナー〟」

「えへへっ」

がしっ、ぶんぶん。

環《たまき》は両手でオレの右手を握り直し、力強く上下に振るう。

「オイ……」

「えへへっ、えへへへっ！」

ぶんぶん、ぶんぶん。

「……イヤ、あのな。もーいいだろ」

「えへへへへへへへへっ！」

ぶんぶんっ、ぶんぶんっ。

「ちょっ、勢い強すぎるっつの！　そろそろ離――」

「よろしくねーっ！」

「うおっ!?」

がばっ、と。

環は、何を思ったか。

「ばっ、ばっ……！」

――ぎゅううっ、と。

思いっきり、抱きついてきやがったっ!!

「や、やめろ、オイッ！」

「ミーめっちゃ頑張るからね！　めっちゃめっちゃ頑張るからーっ！」

くっ、コイツ、わりかし力強ぇーな!?

柔らかな髪から漂う甘く爽《さわ》やかなオレンジの香りと、腹にふにゃんほよんと押し付けられる弾力で、頭が真っ白になる。

こ、コンプラッ！　ちったぁコンプラを意識しやがれ、チクショウが……っ！

「い、いい加減にしろっ……このアホっ！」

オレは半ば強引に環を引き剝《は》がし「はぁああ……」と思いっきりため息をついた。

ああクソッ。いい加減、文句の一つでも言ってやらねーと気がすまねぇ……！

「あのな、そうやって気軽にホイホイ他人にくっつくのをやめろっ！」

「え、なんでかい?」

「イヤ、なんでってアンタ――」

「あっ、ごめん！　もしかして汗臭いとかだった!?」

「ちげーよ、アホっ！」

くんくん、と自分の服を嗅ぎ始める環。

ああ、もう！　なんでコイツは、そういうトコだけ察しが悪ぃーんだよ！
カッと頭に血が上ったオレは、思わず衝動的に。
「そんなもん、アンタが女だからに決まってんだろうがっ！
ちったぁ、自分の魅力を意識しろこの脳みそハッピー女ッ！」
──。
──……。
────……？
「はぇ？」
……ア？
なんだよ、なんで急に止まって──。
「──あ、あはは、あはははっ！　や、やだなー成《せい》くん！」
ぼっ、と。

そんな音が聞こえるような勢いで、顔を真っ赤にすると。

「い、いやー！　いやいや、ないない！　み、ミーに魅力とかっ、そんなの全然ナイナイ！」

ブンブンと首と手とを高速で横に振りながら「ナイナイ、ナイナイ」とか壊れたスピーカーに成り下がる環《たまき》。

……。

……まさか、コイツ……。

褒《ほ》められて、照れてんのか？

「……あのな、環」

「な、なにかいっ!?」

「純粋に見てくれで言や……アンタ、相当の上玉だぞ？」

「わ、わーっ!?」

両手で顔を覆う環。

ふーん…………あっそ。

アンタ、そういうタイプかよ。

オレはハンと笑って、調子良く続ける。

「ああ、そりゃあもう、モデルかアイドルかってタマだ。渋谷を歩けばスカウトされるくれーの器量よしだ」

「はっ、はっ！」

「おまけにファッションセンスはいいわ、なんかいい匂いするわ、スタイルは抜群だわ――」

「恥ずかしいからっ、それやめてーっ！」

「うぉっぷ！　おいコラ、言ってるそばから手で口塞《ふさ》ごうとしてんじゃねーよ……！」

そんなこんな、オレたちはしばらくぎゃーすかやり合う。

ＴＰＯ度外視の、全く経営者《ビジネスパーソン》とは思えねーような、ガキじみたやりとり。

だが――。

それも不思議と、嫌な気分じゃない。


「がははっ。いやぁ、すっかり春だなぁ」

「……二人して脳みそお花畑」


そんな大島兄妹《外野》の声も、しばらく届かないくらいには――。

この時間が、嫌いじゃなかった。

こうして――。
新たな〝世界〟を描くためのオレたちの〝ビジネス〟が、始まったのだ。

──。

──……。

「──それと、環《たまき》。
もう一つだけ、アンタに話しておきたいことがある──」

3 Side:真琴成 〝世界〟を革命する〝ビジネス〟をはじめよう

──東京・赤坂〈ＷＢＦ ＪＡＰＡＮビル・〝代表室〟〉──

シン、と静まり返った、ビルの一角。
薄暗い廊下の先、どん詰まりの最奥に、その部屋はあった。
オレは──。
ついにそこへ一歩、足を踏み入れる。

「──久しぶりだな。オヤジ」

「…………、成《せい》か」

──WBF日本支部代表・網口隆史《あみぐちたかし》。

かつて〝ビジネス〟の可能性を信じ、〝ビジネス〟に殉《じゅん》じた男。

そして──。

〝世界〟の壁を前に大敗した、オレの養父《オヤジ》だった。

「元気……じゃ、ねーみてーだな」

頬《ほお》は痩《こ》け、目は澱《よど》み、かつての溌剌《はつらつ》とした面影は、もはやない。

オレは努めて平静に、口を開く。

「なぁ──」

「なぜお前は育英生になどなった」

血が滲《にじ》むような声で、そう遮《さえぎ》られる。

「わかっているはずだ。WBF日本支部は〝世界〟を描き替えるための場所などではない」

「……」

「育英生の半数は経済界の息がかかった人間だ。ＷＢＦの資金を得て、ただ今の〝世界《しゃかい》〟を延命させるべく送り込まれた既得権の尖兵《せんぺい》だ」

「…………」

「俺とて同じ。ＷＢＦに潜り込める体《てい》のいい駒として、利用されているに過ぎん」

オヤジは落ち窪《くぼ》んだ目をギラつかせ、オレを見る。

「そんな中でお前一人がいくら抗《あらが》おうとも……結果など見えている」

「……」

拳をぎりっと握りしめる。

養父《オヤジ》は両手で頭を抱え、血反吐《ちへど》を吐くように呟《つぶや》く。

「この国は終わっている。もう今更、どうにもできない」

「……」

「余計な理想など抱《いだ》くな。さらなる幸福など望むな。ただ今あるものだけで満足して生きろ」

「…………」

「〝ビジネス〟で〝世界〟は変わらない。

お前が思うより――この〝世界〟は、変化《てき》に容赦がない」

——〝ビジネス〟の力で、この〝世界〟を変えること。
それはかつて、日本経済の10％を手中にした養父でさえできなかったことだった。
だからオレは——それを、超える。
オレの〝ビジネス《コンサル》〟の力は、そのためのものなのだから。
「……また来るよ。今度は吉報を持って、な」
そうして、オレは——。
〝世界〟に拒まれた、オヤジの絶望を、解き放ってやる。
かつてオレが、オヤジの〝ビジネス〟に救われたように。
オレはオレの〝ビジネス〟で、オヤジを救い出す。
——さぁ。
〝世界〟を革命する〝ビジネス〟を、はじめよう。

（第一巻　了）

あとがき

みなさま、初めまして！　お久しぶりの方は待たせたな!!　著者の初鹿野《はじかの》創《そう》と申します。

前作『現実でラブコメできないとだれが決めた？（通称ラブだめ）』完結から約1年、このたび、新シリーズとして本作を始めさせていただく運びとなりました。これもひとえに、読者のみなさまの熱烈な応援の賜物《たまもの》です。どうぞ今後とも末長くよろしくお願いいたします。

さて、本作は「ビジネス×頭脳バトル×タッグもの」という異色の組み合わせによる新ジャンル作品でございます。それだけ聞くと「なるほど、わからん」と思考停止したくなりますが、発想としてはとてもシンプルです。

というのも「アー、やっぱ尊い《てぇてぇ》カップル見てぇー（生物の本能）」→「どうせ読むならイチャコラだけじゃなくてカッコイイとこも見てぇー（妥当なニーズ）」→「面白いシーンも熱いシーンも感動するシーンも全部見てぇー。今まで見たことないシチュエーションもたくさん見てー（強欲の権化）」→「じゃあもう一気に全部見れるもんを書けばよいのでは?!（天才の発想）」という極めて論理的な思考経路を辿《たど》った結果、導き出された解答が本作でした。

でもそこでSFとか異世界みたく本当になんでもアリな世界にすると「要素多すぎ脳みそパーン（著者は死んだ）」になりそうだったので「現実に近い日本を舞台に〝ビジネス〟というわかるけどわからない分野で、てぇてぇカップルが無双するお話」が成立したのでした。

だって「18歳だけど社長です」ってだけでなんかカッコイイし、登場人物全員社長だったら普通の学生より断然いろんなことできそうだし、既存ジャンルの縛りがなければ好き勝手やりたい放題できるじゃない？　オイシイとこ全部突っ込めてめっちゃおトクじゃない⁇（圧）
とまぁ、そんな安直な考えで走り始めた結果、企画会議には落ちまくるわ、今までのラノベのお約束《テンプレ》が全然使えないわで何度か爆発四散しつつもなんとか刊行の運びとなりました。
しかも、な、なんと！　前例なき謎ジャンルで、一切先行きがわからない新シリーズにもかかわらず、既に『続刊確定』という革命的ご英断！　さすがは時代の最先端をゆくガガガ文庫様、器のデカさが宇宙級！（レーベルへのゴマすりを欠かさない作家の鑑）
なので贅沢にも、成《せい》&伊那《いな》のカプ成立までを描く1巻、やべー敵がいっぱい出てきて本番バトルが始まる2巻、という構成で序盤戦を描かせていただくことにしました。つまり2巻までがシリーズのプロローグだ！　セットで買ってネ！（営業《ダイマ》を欠かさないビジネス作品の鑑）
それと本作、書籍媒体だけでなくWEBでもコンテンツ爆撃を行っております。SSの無料公開、著者・編集者による制作の裏側配信、限定プレゼント企画などなど、詳しくは公式Twitter（@kanobiji_info）か、初鹿野のTwitter（@hajikano_so）をご覧くださいまし。そこを見れば全部追えるようになってます！
最後に、担当編集大米さんのご尽力、イラストレーター夏ハルさんのセンスしかない神イラストに感謝を捧げつつ、締めとさせていただきます。それではまた2巻で！（2023年6月）

GAGAGA

ガガガ文庫

彼とカノジョの事業戦略《ビジネスプラン》

～"友達"の売り方、教えます。～

初鹿野 創

発行　2023年6月25日　初版第1刷発行

発行人　鳥光 裕

編集人　星野博規

編集　大米 稔

発行所　株式会社小学館
〒101-8001 東京都千代田区一ツ橋2-3-1
[編集]03-3230-9343　[販売]03-5281-3556

カバー印刷　株式会社美松堂

印刷・製本　図書印刷株式会社

Printed in Japan　ISBN978-4-09-453127-5